자연 중심! 놀이 중심! 주도적인 아이로 키우기 위한

슬기로운
농촌유학

자연 중심! 놀이 중심! 주도적인 아이로 키우기 위한

슬기로운 농촌유학

초판 1쇄 발행   2021년 12월 31일

지은이	이하정 · 박선우 · 박세은
펴낸이	한승수
펴낸곳	문예춘추사

편집	이상실
마케팅	박건원 · 김지윤
디자인	오주희

등록번호	제300-1994-16
등록일자	1994년 1월 14일

주소	서울시 마포구 동교로 27길 53, 309호
전화	02-338-0084
팩스	02-338-0087
이메일	moonchusa@naver.com

ISBN	978-89-7604-505-8 (03810)

자연 중심! 놀이 중심! 주도적인 아이로 키우기 위한

슬기로운
농촌유학

이하정
지음

문예춘추사

프롤로그

선우가 4살이 된 2월, 세은이를 임신 중이었던 저는 조기 진통으로 병원에 입원해야 했습니다. 아이를 출산할 때까지 1~2개월을 병원에 있어야 했기에 활동적인 4살 남자아이를 종일 돌봐야 하는 할머니들(두 할머니가 1주일씩 번갈아 보살펴 주셨어요.)을 위해 급하게 집 근처 어린이집 몇 군데에 대기를 올려놓았습니다. 얼마 지나지 않아 한 군데서 연락이 왔고, 선우는 적응 기간도 가지지 못한 채 첫날부터 어린이집 종일반에 들어가게 되었습니다. 엄마가 없어서일까요? 아무 말 없이 잘 다니던 아이가 두 달 만에 동생을 안고 집으로 온 엄마를 보자 어린이집이 가기 싫어 매일 울었습니다.

그 당시 남편은 자정을 넘겨 퇴근하는 일이 허다했고 때론 집에 들어오지 못할 만큼 바쁜 회사 생활에 혼자 오롯이 두 아이를 돌봐야 했습니다. '애들이 우리 셋만 사는 줄 아는 것 아닐까?'

하는 생각이 들기도 했었지요. 저는 선우의 눈물을 모른 체하며 아침마다 아이를 억지로 어린이집 차에 태워 보냈었습니다.

아침에만 울던 아이가 언제부턴가 자기 전부터 울기 시작했습니다. 자고 일어나면 어린이집에 가야 해서였지요. 이건 아니라는 생각이 들었습니다.

"선우야, 왜 그렇게 어린이집이 가기 싫어? 엄마랑 있고 싶어서 그래?"

"엄마, 어린이집이 너무 힘들어. 공부하는 것도 싫고, 명상 시간에 가만히 앉아있는 거를 못 하겠어."

맙소사! 4~5살 어린애에게 공부와 명상이라니요! 알고 보니 그 어린이집은 지역에서 공부 많이 시키기로 유명한 곳이었습니다. 그 점 때문에 보내는 학부모님들의 만족도는 높았지만요. 선우가 정확히 '공부'라는 단어를 말했는지는 잘 기억이 안 나지만 의미는 확실했습니다. 그 길로 어린이집을 그만두고 한동안 두 아이를 혼자 돌보았습니다.

아들 키우다 딸 키우면 거저 키우는 것 같다고 다들 그러던데 세은이는 아니었습니다. 예민하기가 이루 말할 수가 없었어요. 아들 키울 때 힘들었는데 딸은 더 힘이 들었습니다. 가끔 도와주러 서울에 올라오신 친정엄마가 오죽하면 그러셨었죠.

"너는 왜 이런 애들만 낳냐!"

서너 달 두 아이를 혼자 보려니 저도 지치고(당시 체중은 웬만한 아이돌 저리 가라 할 만큼 빠졌지요.) 선우와 잘 놀아줄 수도 없어 다시 기관에 보내기로 마음먹었습니다. 대신 최대한 많이 놀리는 곳으로요. 근처 놀이학교와 숲 유치원 등을 알아보다 한 유치원에 상담 가게 되었습니다.

"애들은 놀아야죠!"

상담 간 날 제게 해 주신 자연아이 숲 유치원 원장님 말씀이셨습니다. '그래! 애들은 놀아야지!' 그때부터였던 것 같아요, 아이들 놀리는데 진심인 엄마가 된 것이.

처음에 유치원 가는 것도 몸서리치게 싫어했던 선우는 명상 대신 숲에 뛰어다니며 나뭇잎 줍고, 개구리 잡으며 노는 생활이 좋았는지 빠르게 적응해갔습니다. 7살 졸업 때가 다가오면서는 왜 처음부터 여기 유치원에 보내지 않았느냐고 제게 화를 낼 정도였으니까요. 오빠 덕에 세은이는 어린이집을 거치지 않고 5살에 유치원으로 직행했습니다. 그런데 웬걸요. 세은이는 이게 또 불만이네요. 왜 나만 어린이집 안 다니냐고요.

'얘가 뭘 모르네! 어린이집 가면 공부해야 하는데!'

작년 한 해는 우리 모두에게 잃어버린 시간인 것 같습니다. 그렇게 1년을 보내고 우리 가족은 순천 월등으로 '농촌유학'을 와서 새로운 시간을 보내고 있습니다. 이사를 위해 처음 마을에 들어온 날, 마스크를 쓰지 않고 우릴 맞아주시던 이장님 모습에 적잖이 당황했었죠. 하루 지나고선 유학생 가족들도 모두 안 쓰고 지낼 만큼 여긴 코로나 청정지역입니다. 처음 마스크를 벗고 동네 한 바퀴 뛰다 들어온 아이들이 그러더군요.

"엄마! 마스크 안 쓰고 뛰어본 게 얼마 만이야? 너무 상쾌하고 좋아요!"

서울에선 옆 동네 정보까지 수시로 울려대는 코로나 확진자 안전 안내 문자를 여기 와선 거의 받지 않았습니다. 이게 이렇게나 해방감을 줄지 몰랐네요. 밤하늘엔 얼마나 많은 별이 총총 떠 있는지. 공기도 맑고 빛 공해가 없으니 천문대에서나 보던 별자리들을 맨눈으로 다 볼 수 있습니다. 대신 밤에 밖에 나가려면 손전등은 필수지요.

가장 큰 변화를 보인 것은 당연히 아이들입니다. 서울에서 무기력에 빠져가던 아이들이 여기 온 첫날부터 생기를 되찾았다고나 할까요? 밖에서 마음껏 뛰어노는 것은 아이들의 당연한 권리인데 그동안 코로나로 마땅히 누려야 할 것들을 많이 빼앗겼습니다. 다행히 농촌에 와서 우리 아이들은 선물 같은 일상을 되찾았습니다. 매일 학교도 가고요.

아이들의 적응력은 정말 대단합니다. 시골이라 '없으면 없는 대로 살아야지' 맘먹고 내려왔어도 엄마는 잠깐의 불편함을 못 견디고 한동안 인터넷 쇼핑에 빠져있었는데, 아이들은 다르더군요. 없으면 있는 것만 가지고, 그래도 필요하면 만들어서 사용하지 "뭐가 없네, 부족하네" 불평 한마디 하지 않았습니다. 집에 '필요해서 만든 것'을 가장한 '쓰레기'가 늘어나긴 했지만요.

먼 훗날 돌이켜 봤을 때 어쩌면 인생 최고의 순간 중 한 자리를 차지할 수도 있는 '농촌유학'을 온전히 추억하기 위해, 우리 세 사람은 기록을 남기기로 했습니다. 아이들은 농촌 생활 일지를 두 권 째 쓰고 있습니다. 처음엔 매일 알아서 챙겨 쓰던 일지를 반복되는 일상에 요샌 1주일에 1~2번만 쓰지만요. 저는 글과 사진으로 이곳 생활의 흔적을 남깁니다. 3, 4장은 제가 쓴 글에, 5장은 아이들이 쓴 글 뒤에 그 당시 선우, 세은이가 쓴 일지를 첨부했습니다. 날짜를 보면 뒤로 갈수록 글씨가 엉망이 되고, 색이 사라지고, 그림이 없어지는 마법을 보실 수도 있겠네요. 아무렴 어떻습니

까? 함께 기록한다는 것이 중요한 거겠지요,

벌써 11월이네요, 올해가 지나면 다시 서울로 돌아갈 생각에 서글픈 생각이 들기도 합니다. 선우, 세은이는 아마 평생 2021년을 잊지 못할 것입니다. 순천 월등에서 보낸 1년을요,

차 례

1장
우리 가족의 서울살이

2016년 3월 세계가 주목한 역사적 사건이 서울에서 일어났다.
바로 세계 최상위급 프로 기사인 이세돌 9단과 인공지능 바둑
프로그램인 알파고(AlphaGo)와의 세기의 대국이었다.
그 후 한동안 AI와 바둑 영재 교육에 관한 관심이 높았었다.
나는 그 사건으로 더는 공부가 답이 아님을 깨달았다.

공부하느라 지친 요즘 아이들

"공부하느라 많이 힘들지? 오늘은 그만 쉬렴."

우리나라 학생들에게 해주고 싶은 말이다.

우리나라 교육은 그 초점이 대학 입시에 맞춰져 있다. 그렇다 보니 중·고등학생들은 물론 초등학생, 심지어는 유치원생부터 입시경쟁에 내몰린다. 내 아이의 잠재된 학습 능력을 키워주고자 돌쟁이 때부터 학습지를 시키는 부모들이 수두룩하니 우리나라 아이들은 공부하려고 태어난 게 아닌가 하는 생각이 든다.

뉴스에서 과도한 학업에 시달리는 초등학생들에 관한 기사를 본 적이 있다. 저학년 때부터 학원 뺑뺑이에 저녁은 편의점에서 해결한단다. 집에 돌아와도 끝이 아니다. 학원 숙제에 학교 숙제까지 하다 보면 밤 12시를 넘기기 일쑤이다. 교실에서는 꾸벅꾸벅 졸거나 피곤함에 절어 코피를 쏟는 아이들도 있다는데 이게 정상인지 의문이 든다.

현실이 이렇다 보니 믿기지 않는 이야기들도 들려온다. 옆 동네에 유명한 학원가가 있다. 한 엄마가 7살 된 아이의 상담을 위해 수학학원을 찾았다고 한다. 학원에선 "왜 이제 왔냐며 보통 5살에는 시작한다"고들 했단다. 또 다른 아이는 정해진 일정표대로 학원만 다니다 중간에 시간이 생겨 놀아보라 했더란다. 그 아이는 놀았을까? 아이는 망설이다 문제집을 풀었다고 한다. 놀아본 적이 없어서 노는 방법을 몰랐던 것이다.

엄마는 엄마대로 개인 생활도 없이 아이의 일거수일투족을 관리한다. 로드매니저가 되어 일정표를 관리하고 따라다닌다. 힘들게 번 돈은 전부 아이의 교육비로 쏟아붓는다. 그것도 모자라 빚을 내거나 아르바이트를 해서라도 아이 학원을 보내는 형국이니 부모님은 부모님대로, 아이는 아이대로 온 가족이 다 같이 고생이다.

통계개발원 'KOSTAT 통계플러스' 2019년 겨울호에 실린 아동·청소년 삶의 질 지표 분석 결과를 살펴보았다. 우리나라 아동·청소년의 삶의 만족도는 OECD 국가 중 최하위권에 머물고 있다. 단일 문항의 캔트릴의 사다리(Cantril's ladder) 척도로 측정한 아동·청소년의 행복도(삶의 만족도) 평균은 6.6점으로 터키와 함께 최하위를 기록하였다. 한국을 제외한 OECD 국가들의 평균은 7.6

점이었고, 가장 높은 국가는 스페인으로 8.1점이었다.

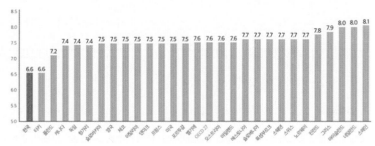

〈그림 1〉 우리나라 아동의 삶의 만족도 국제비교(OECD 국가 비교)

우리나라는 OECD의 국제학업성취도평가(PISA)에서 수년째 상위권을 유지하고 있다. 그러나 익히 알려진 바와 같이 우리 아동·청소년들의 학업으로 인한 스트레스는 매우 높은 편이다. 한국청소년정책연구원이 2019년 진행한 한국 아동·청소년 인권실태조사에 참여한 아동과 청소년 중 33.8%는 '죽고 싶다는 생각을 가끔 하거나 자주 하는 것'으로 조사됐다. 3명 중 1명이 "죽고 싶다"라고 생각할 정도로 매우 심각한 상황이다. 우리나라 아동·청소년들의 세계적으로 우수한 학업성취 역량은 아동·청소년들의 행복과 맞바꾼 결과라고도 볼 수도 있다.

세부 지표를 살펴보면 우리 아이들이 행복하지 않은 이유가 드러난다. 우리나라 아동·청소년의 평균 수면시간은 7.3시간이다. 학교 급별로는 초등학생 8.7시간, 중학생 7.4시간, 고등학생 6.1시간으로 학령이 증가하면서 급격히 감소한다. 미국 수면학회 권장 수면시간인 9~11시간(6~12세), 8~10시간(13~18세)에 비해 많이 부족하다. 우리나라 아동·청소년들은 만성 수면 부족에 시달리는 것이다. 여가시간 또한 감소하여 하루 3시간 이상 여가를 보내는 아동·청소년 비율이 점점 감소함을 볼 수 있다.

아동·청소년이 정규 수업 시간 이외에도 평일 하루 3시간 이상 공부한다는 비율은 초등학생은 41.4%, 중학생은 46.1%, 고등학생은 48.6%였다. 반면 평일 하루 3시간 이상 여가를 보낸다는 비중은 고등학생에서 27.3%에 불과했다. 중학생은 36.6%, 초등학생은 45.3%였다. 공부를 위해 점차 줄어드는 수면시간과 여가시간이 우리 아이들을 불행하게 만드는 요인 중 하나인 것이다. 또한 이 지표 분석 결과에 따르면 학교 급이 올라갈수록 운동 비율도 감소한다.

연구를 맡은 유민상 한국청소년정책연구원 연구위원은 "한국 아동·청소년의 학업성취도는 높지만, 행복도가 낮은 역설은 우리 사회가 이들에게 미래의 좋은 삶만 강조하면서 현재를 희생하는 걸 당연시해 온 결과"라고 밝혔다.

나는 어릴 때 집 옆에 개울이 있는 읍내에서 자랐다. 논과 밭이 펼쳐진 시골은 아니었지만, 농번기 휴일이 있었던 시골과 아주 가까운 곳이었다. 학교 다녀오면 가방은 집어 던져놓고 나가 놀기 바빴다. 가끔은 집에까지 가지도 못한 채 중간에 샛길로 새어 놀고 들어갔다. 옆집 친구 집에 가서 "○○야~ 놀자~"라고 하면 약속이나 한 듯 우르르 쏟아져 나왔다. 그러면 우리는 공터에서 돌이나 병뚜껑, 나뭇잎, 나무 조각 등을 주워 소꿉놀이도 하고, 술래잡기, 신발 찾기, 말뚝 박기 등을 하며 해가 질 때까지 놀았다. 엄마들이 저녁 먹자고 부르는 소리가 들려서야 하나둘씩 집으로 들어갔다. 여름에는 개울에서 물장난도 치고 물고기도 잡으며 그렇게 자연에서 놀고 자랐다.

중학생 때도 마찬가지였다. 나의 학창 시절의 황금기였던 중학생 때는 놀기 위해 학교에 갈 만큼 열심히 놀았다. 학교 수업이 끝나고 친구들과 운동장에서 고무줄놀이, 사방치기, 땅따먹기, 콩주머니 던지기 등을 했었다. 점심시간엔 반 친구가 녹화해온 전날 드라마도 보면서 도시락을 먹고 비가 오면 교실에서 만화책도 돌려보고 그렇게 재미나게 보냈다.

공부는 중3이 돼서야 열심히 했을 것이다. 내가 사는 지역은 비평준화로 고등학교 입학시험을 치러야 했기 때문이다. 그렇게 중학교 3학년 때 시작한 공부는 고등학교를 거쳐 대학교 다니면서 제일 열심히 했다.

그렇다고 내가 이렇게 자라서 내세울 만한 훌륭한 사람이 된 것은 아니지만 후회 없는 삶을 살고 있다. 열심히 놀고 할 일은 스스로 찾아서 하는 것을 배운 덕에 나는 낯선 것에 대한 두려움도 별로 없고 도전 정신이 강한 편이며 쉽게 포기하지도 않는다.

물론 그때와 지금은 세상이 많이 변해버렸다. 그렇다고 해도 나는 우리 아이들의 소중한 어린 시절을 즐거움이 가득한 추억이 될 수 있도록 지켜주고 싶다. 불확실한 미래를 준비하느라 고통스럽게 보내며 현재의 행복을 놓쳐버리는 우를 범하고 싶지는 않다. 오늘을 즐기며 하루하루 알차게 살아가면 장밋빛 미래가 보장되지는 않더라도 스스로 미래를 만들어나갈 수 있는 능력은 키워지지 않을까? 시련이 닥쳤을 때 얼른 털고 일어날 수 있는 회복 탄력성도 함께 말이다.

그래서 놀리기로 하다

2016년 3월 세계가 주목한 역사적 사건이 서울에서 일어났다. 바로 세계 최상위급 프로 기사인 이세돌 9단과 인공지능 바둑 프로그램인 알파고(AlphaGo)와의 세기의 대국이었다. 5번의 공개 대국에서 대부분의 예상을 깨고 알파고가 4승 1패로 승리해 세계를 놀라게 했다. 딥러닝(Deep Learning) 알고리즘으로 스스로 학습한 알파고의 등장은 기계가 인간의 선을 넘었음에 사람들에게 충격을 주었다. 그 후 한동안 AI와 바둑 영재 교육에 관한 관심이 높았었다.

나는 그 사건으로 더는 공부가 답이 아님을 깨달았다. 과거에는 공부하여 얻어진 지식으로 윤택한 삶을 누릴 기회가 많았다. 그러나 이제는 스마트폰으로 검색만 하면 모든 정보와 지식이 다 나온다. 사람이 아무리 외우고 공부해서 지식을 얻어내더라도 AI를 넘어설 수 없는 것이다.

그래서 나는 아이들을 놀리기로 마음먹었다. '놀다가 보면 재미 있는 일을 찾을 것이고, 재미가 생기면 하고 싶은 일도 찾을 수 있겠지'라고 생각했다. 만약 공부가 재미있으면 공부를 할 수도 있을 것이다.

그렇다면 어떻게 놀리는 게 잘 놀리는 것일까? 아이들이 다녔던 숲 유치원 원장님이 말씀하셨다. 장난감이 많다고 아이들이 잘 노는 것이 아니란다. 오히려 장난감이 없으면 아이들은 가지고 놀 것을 만들어 논다고 하셨다. 나는 우리 아이들이 장난감을 가지고 노는 정형화된 놀이보다 자연 속에서 자유롭게 놀거리를 찾아 놀게 하고 싶었다.

숲 연구소 남효창 박사님은 저서 《얘들아 숲에서 놀자》를 통해 어린이는 자연과 더불어 살아야 한다고 강조한다. 자연에 대한 경험이 많아질수록 관심과 욕구도 증가한단다. 자연환경을 이해하면서 환경과 자신의 관계를 발견하고, 직접적이고 감각적이며 개인적인 경험을 통하여 집약적인 사고를 한다고 한다. 또 자연 체험을 통해 얻어지는 생생한 체험의 기억과 창의력은 결국 자연과 인간의 유기적인 관계에 대한 인식뿐만 아니라 그 안에 존재하는 인간의 자의식을 일깨워준다고 말한다.

틀 안에 갇혀 구속인지 보호인지 알 수 없는 간섭 속에 하는 놀이보다 자연을 직접 몸으로 부딪치고 느끼며 행하는 놀이가 아이의 몸과 마음을 더욱 건강하게 만들 것임을 나는 믿고 있었다. 아이들을 자연 속에서 놀리며 키우고는 싶지만, 사방이 아파트로 둘러싸인 서울에서는 쉬운 일이 아니었다. 놀이터 바닥마저 폐타이어 덮개로 처리되어 있으니 흙을 밟고 놀 기회를 찾아 주어야만 했다.

내가 찾은 방법은 아이를 숲 유치원에 보내는 것이었다. 그렇게 우리 아이들은 다른 유치원에서처럼 한글이나 수학을 배우는 대신 숲 교실에서 나뭇가지로 수를 세는 법을 배우고 나무를 타고 밧줄을 타며 놀았다.

언제부터인가 선행학습이 교육의 한 과정이 되어버렸다. 몇 년 혹은 몇 개월 선행이냐의 차이지 선행학습 자체가 당연시되었다. 현재 교육과정은 많은 전문가가 아이들의 두뇌 발달 정도를 고려하여 가장 효과적으로 학습이 가능한 시기에 맞게 체계적으로 편성한 계획일 것이다. 따라서 타고난 수재가 아닌 이상 본인의 두뇌 발달 과정에 앞서 선행학습을 하게 되면 이해하고 습득하는데 더 많은 시간과 노력이 들 것으로 생각한다. 또한 선행학습으로 이미 학원에서 배워간 문제들을 학교에서 다시 공부하면 재미가 있겠는가. 해서 나는 아이들에게 선행을 시키지 않는다.

큰아이가 초등학생이 되었다. 아이는 새로운 것을 배우는 즐거움이 컸었나 보다. 학교에서 수업을 열심히 들었었다. 2학년 2학기 말쯤 어느 날이었다. 수학 단원평가를 앞두고 아이가 끄적거린 종이를 보여주었다.

"엄마, 이번 단원이 어려워서 다들 공부해요. 옆 반은 재시험도 봤대. 근데 나는 문제집이 없어서 내가 문제를 만들어서 풀어봤어요."

다음날 아이는 90점이라는 꽤 높은 점수를 받아왔었다.

"선우야 정말 잘했어. 근데 혹시 2개 틀려서 속상해? 엄마는 너만 괜찮으면 좋아."

"나는 더 잘하고 싶어요. 나도 문제집 있으면 좋겠어."

2학년이 거의 끝날 무렵이라 선우가 3학년이 된 후에 수학 문제집 한 권을 사주었다. 주면서 아이에게 이렇게 말했다.

"엄마는 몇 장 풀라고 시키지 않을 테니 네가 풀고 싶을 때 풀어봐."

책꽂이에 꽂아놓고 쳐다도 보지 않던 아이는 어느 주말에 울면서 문제를 풀고 있었다.

"엄마, 월요일 날 단원평가 보는데 한 장도 안 풀어서 풀 게 너무 많아."

우는 아이에게 그럼 풀지 않아도 괜찮다고 했는데도 아이는 주말 이틀 동안 1단원 문제를 다 풀어냈다. 다음날 선우는 단원평가에서 바랐던 대로 100점을 맞고 의기양양하게 들어왔다.

"선우야 정말 잘했어. 근데 문제 한꺼번에 푸느라 너무 힘들지 않았어?"

"너무 힘들었어."

"그럼 앞으로 어떻게 하면 좋을까?"

"그날 배운 거 바로 풀어야겠어요."

"그래. 그렇게 하면 좋겠다."

5학년이 된 선우는 지금도 수학 진도가 나가면 배운 부분은 그날 문제집 복습을 끝낸다. 유일하게 하는 공부이기도 하다. 하지만 본인이 원해서 하는 공부와 시켜서 하는 공부는 그 차이가 분명 있을 것으로 생각된다.

우리 아이들의 교육법

매년 3월 새 학년이 된 첫 주에 학교에서 가정통신문 한 장을 집으로 보낸다. 학생 기초조사 자료이다. 거기에 장래 희망을 적는 칸이 두 곳이 있다. 하나는 아이의 장래 희망을 적는 곳이고, 다른 하나는 부모가 바라는 아이의 장래 희망을 적는 곳이다. 아이의 장래 희망은 때때로 바뀌었지만 나는 부모가 바라는 아이의 장래 희망 칸에 항상 같은 것을 적었다. 바로 '아이가 원하는 것'이었다. 아이의 꿈을 부모가 정해줄 수는 없는 노릇이다. 적절하게 지지하고 격려해주며 함께 하면 그만이라는 생각이다.

공부도 마찬가지다. 부모의 강요로 당장은 할 수 있겠지만 언젠가 지쳐 나가떨어질지도 모른다. 책상에 오래도록 앉아서 하는 공부는 본인 스스로 필요성을 느낄 때 하면 된다고 본다. 물론 그 시기가 영영 오지 않으면 공부가 길이 아닌 것이리라. 그렇다고 내가 아이들의 교육을 포기한 것은 아니다. 나는 공부란 '경험'과

'독서'라고 믿고 있다. 적어도 초등학생까지는 그렇다.

아이들이 어떤 것에 관심을 보이면 우리는 당장 근처 도서관으로 달려갔다. 휴대폰이나 컴퓨터로 검색하면 훨씬 편하고 정보도 다양하지만, 나는 아이들이 먼저 책으로 지식을 접하기를 바랐다. 관련 코너에서 책을 검색하여 몇 권 빌려와 읽은 후엔 눈으로 확인할 수 있는 곳을 찾아다녔다. '이순신 장군'과 '임진왜란'에 관심을 가진 아이에게 먼저 책을 읽게 한 후, 광화문에 있는 '충무공 이야기' 전시장에 가보고 '국립중앙박물관'의 '조선의 무기' 해설 프로그램을 듣게 하는 식이다.

큰아이가 1~2학년 때는 우주비행사가 꿈이었다. 그때는 우주와 우주선에 관한 관심이 상당했던 터라 도서관에서 우주, 행성, 별자리, 로켓 등의 책을 많이 빌려보았다. 책에서 본 바로는 계절별로 별자리가 바뀐다기에 나는 아이를 데리고 1년에 4번 천문대를 다녀왔다. 그뿐만 아니라 여름 방학 때는 고흥 나로도에 있는 '나로 우주센터 우주과학관'에도 다녀왔다. 운 좋게도 일 년에 단 3일인 우주 축제 기간에 갔던 터라 평소에는 국가보안 시설로 출입이 금지된 관제센터에도 들어가 볼 수 있었다.

특히 방학이면 이곳저곳 박물관, 과학관, 유적지, 전시회 등을 찾아다니느라 더 바쁘다. 돌아다니기 좋아하는 엄마와 호기심 많은 아이가 뭉쳤으니 당연하다. 방학 때 맞춰 체험 프로그램을 많이 운영할뿐더러 주말엔 붐비기 때문에 주로 평일 방학 기간에 이용한다. 거의 매일 아침부터 출근하듯 나가 이리저리 돌아다니다 온다. 이때만큼은 소위 헬리콥터 맘들 못지않게 스케줄을 빽빽하게 채운다. 물론 여름 방학 때는 3분의 1은 물놀이를 하고 보내지만 말이다. 방학 동안에는 학원 수업도 중단한다. 돌아다니고 노는 데 집중하기 위해서이다.

우리 아이들은 본인이 다닐 학원은 스스로 정한다. 그리고 1학기에 1번씩 계속 다닐지 혹은 수업 일을 줄일지를 물어보고 아이가 원하는 대로 결정한다. 선우는 7살에 처음 사교육을 시작했다. 집에 내가 어릴 적 치던 30년이 넘은 피아노가 있다. 피아노를 거들떠보지도 않던 아이가 7살 어느 날 피아노를 배우고 싶다는 것이었다. 다음날 피아노 학원에 등록하여 농촌유학을 오기 전까지 매일(방학 때를 제외하고) 피아노 학원에 다녔다. 1학년 여름부터는 태권도 학원도 추가하여 다녔다. 중간에 수영을 배울 때가 있었는데 그럴 때는 태권도를 3회, 수영을 2회 하는 식으로 조정하여 하루에 다니는 학원이 2개가 넘지 않도록 하였다.

본인이 다닐 학원을 스스로 정하다 보니 선우는 5학년이 되도록 영어나 수학 등 학업과 관련된 학원은 한 번도 다닌 적이 없다. 우리는 공부를 많이 시키는 지역에 사는 것이 아닌데도 보통 2학년 때는 영어학원을, 3학년 때는 수학학원에 다니기 시작한다. 3학년 영어 교과과정을 앞두고, 4학년부터 수학이 어려워지기 때문이다. 나도 주위에서 왜 선우는 학원을 보내지 않느냐란 질문을 많이 받았다. 좋게 말하면 소신 있고, 나쁘게 말하면 고집 있는 내 성격 덕분에 나는 흔들리지 않고 아이를 공부 학원에 보내지 않는 뚝심을 발휘할 수 있었다.

내가 아이의 공부에 나 몰라라 하는 것은 아니다. 수학은 앞서 말한 대로 학교에서 진도가 나간 후 집에서 나와 문제집으로 한두 장 복습하면서 공부한다. 영어는 나의 노력이 더욱 많이 들어간다. 두 아이가 다 한글을 5~6세 때 책을 읽다 자연스럽게 뗴었다. '영어도 그렇지 않을까?'란 생각에 2학년 때부터 도서관에서 원서 그림책을 빌려다 읽어줬다. 알파벳, 파닉스도 교재 없이 자연스레 그림책을 보며 익혔다. 나는 아이를 학교에 보내고 도서관으로 달려가 아이의 수준에 맞는 그림책을 한 권 한 권 꺼내어 읽어보며 골라 빌려왔었다. 아이에게 20분 영어 그림책을 읽어주기 위해 나는 도서관에서 1시간 이상을 보내야 했다.

말하고 듣기의 아쉬움은 도서관 프로그램으로 대체했다. 우리 동네 도서관 문화강좌 중에 1주일에 한 번 원어민 선생님 영어 수업이 있었다. 선착순 신청 후 레벨테스트를 봐야만 들어갈 수가 있는데, 선우는 나와 책 읽기 1년 후 레벨테스트를 통과하여 시간당 1,000원꼴의 아주 저렴한 비용으로 원어민 선생님 수업을 들을 수 있었다.

우리나라는 도서관, 박물관, 과학관 등에 무료거나 저렴한 비용으로 들을 수 있는 프로그램들이 많다. 나는 이것들을 아주 잘 이용하는 편이다. 각종 도서관과 박물관 체험 프로그램 예약 오픈 시간을 알람 해 두고, 수년간 명절에 KTX표를 예매했던 실력으로 1초 컷 예약에 성공했던 일이 허다하다. 그렇게 영어 원어민 수업도 들었고, 도서관 프로그램으로 송암스페이스센터에도 다녀왔다. 소인 기준 22,000원의 입장권을 무료로 말이다. 3학년 여름 방학 때는 환경 센터 프로그램 중 '시화호 갯벌 탐사'에도 다녀올 수 있었다.

이렇듯 우리 아이들은 책상에 앉아서 하는 공부는 하루 10~20

분이 고작이지만, 그보다 더 많은 것들을 보고 느끼면서, 그리고 책으로 읽으면서 배우고 있었다. 코로나19로 일상이 멈춰버리기 전까지 말이다.

코로나로 인해 변해버린 일상

　두 아이가 숲에서 자연과 함께 놀고 배웠던 유치원을 졸업하고 초등학생이 되니, 자연에서 노는 것이 더는 자연스러운 일이 아니게 되었다. 밖에서 노는 것이라곤 기껏해야 자전거 타고 동네 한 바퀴 돌거나, 놀이터에서 노는 게 고작이었다. 그러던 중 코로나19 바이러스 확산에 따라 사회적 거리두기가 시행되었다. 이제는 놀이터마저도 나가 놀 수 없게 되고, 집에서 24시간을 보내는 생활이 시작되었다.

　지금 5학년인 선우는 아직 휴대폰이 없다. 전교에서 한 손에 꼽힐 정도다. 일찍 접해봤자 득 될 게 없다는 판단으로 디지털 미디어와의 접촉을 최대한 줄이고자 한 탓이다. 물론 나도 애들 보는 앞에서는 가능한 한 스마트폰을 만지작거리지 않았다. 그러나 작년 3월 팬데믹으로 아이들의 학교 개학이 늦춰지고 온라인 수업으로 전환되었다. 세은이는 단 한 번뿐인 초등학교 입학식도 치르지 못했다. 온라인 수업을 위하여 어쩔 수 없이 큰 아이에겐 노트북을, 작은 아이에겐 조작이 더 용이한 태블릿PC를 쥐여 주게 되었다.

눈앞의 유혹을 참아내기란 어른들에게도 여간 힘든 일이 아닐 것이다. 하물며 이제 막 11살, 8살이 된 아이들은 오죽하랴. 수업이 끝난 후에도 아이들은 노트북과 태블릿PC를 손에서 놓을 줄 몰랐다. 아이들이 어릴 때부터 병원이나 식당 등에서 대기할 때도 되도록 끝말잇기나 무한고개(우리 집만의 한계가 없는 스무고개 놀이) 등을 하며 시간을 보냈었다. 정 힘들 때면 휴대폰 갤러리의 사진을 보게 했지, 나 편해지자고 영상 보여주며 아이들을 달래지는 않았었다.

그런 식으로 나름 긴 세월 해온 노력이 팬데믹 상황으로 인해 하루아침에 물거품이 되어버렸다. 오히려 4학년이었던 큰아이가 그제야 유튜브와 게임의 세계를 알게 된 것을 감사해야 하는 걸까. 아이들은 디지털 기기가 주는 달콤한 재미에 취해 시간 가는 줄 몰랐다. 그렇게 좋아하던 장난감이고 책이고 더는 찾지 않았다. 처음에는 밖에 나가질 못해 안달하던 아이들이 이젠 잠깐 산책이나 드라이브를 하러 나가자고 해도 귀찮다며 싫어했다. 아이들의 스마트 기기 사용 시간이 늘어날수록 나의 스트레스와 잔소리는 곱절로 늘었다. 뭔가 대책이 필요했다.

　종일 집에 있더라도 규칙적인 생활을 하기 위해서 먼저 생활계획표를 만들도록 했다. 단, 독서(1권 또는 30분 이상), 수학 문제집 풀이(1~2장), 영어책 읽기(1권 또는 20분 이상), 피아노 연습(10분 이상)은 꼭 넣도록 했다. 아이들은 스스로 놀이시간과 학습 시간을 적절히 분배하여 각자 계획표를 만들어 붙였다.
　다음 할 일은 내 차례였다. 나는 인터넷에서 '추억의 뽑기판' 2개를 주문하였다. 거실 한쪽 잘 보이는 곳에 나란히 붙여놓고 계획표에 적은 해야 할 일을 한 경우 1장씩 뽑을 수 있게 하였다. 500여 개의 뽑기 중 1등 1장, 2등 3장, 3등 20장, 4등 80장, 나머지는 5등으로 정해 놓고 아이들과 의논하여 각자 원하는 상품을 정하였다. 자동차를 좋아하는 선우는 1등 상품으로 자동차 매거진 1년 정기구독을 골랐다. 그러나 10만 원이나 되는 고가의 상품에 망설이다 1, 2등 뽑기 4장을 다 뽑을 경우 해주기로 하였다. 세은이는 아주 소소하게 1등 상품으로 2,500원짜리 머리빗을 고르고 2등 상품으로는 치킨 1마리를 골랐다. 남은 3~5등은 돈이 들어가지 않는 TV 시청권, 할 일 절반으로 줄이기, 엄마와 사랑해 하기

등으로 정해 아이들이 지루하지 않게 하루를 보낼 수 있도록 하였다.

　다행히 코로나 상황이 어느 정도 진정되어 갔다. 학교 가는 횟수도 조금 늘고 방과 후에 놀이터에서 친구들과 모여 놀며 아이들이 점점 활기를 되찾아 가고 있었다. 그러나 가을이 되어 찬바람이 불어오자 바이러스는 다시 활개 치며 확진자가 급격히 늘어났다. 학교는 다시 전면 온라인 수업으로 전환되고 아파트 놀이터까지 폐쇄되어 나가 놀 수 있는 장소도 사라져갔다.

　한동안은 뽑기 판에 힘입어 의욕에 불타 계획표대로 열심히 생활하던 아이들도 끝이 보이지 않는 팬데믹 상황에 점점 나태해지며 유튜브를 시청하는 시간이 다시 늘어났다. 이미 1, 2등이 다 나와 버린 뽑기판은 아직 3분의 1 정도가 남았지만 더는 아이들을 유혹하지 못했다.

　그렇게 시간이 흐르고 '내년이면 나아지겠지?'란 기대와 '과연 올해와 다를 게 있을까?'란 의구심이 함께 몰려들 즈음, 학교 e-알리미로 '농촌유학' 모집 신청 가정통신문을 보게 되었다.

2장
농촌유학을 결심하다

다람쥐 쳇바퀴 돌듯 도시에서 학교와 학원만 왔다 갔다 하며
엄청난 공부량에 짓눌린 아이들보다 시골에서 마음껏 뛰어놀며
호기심에 자연을 접하는 아이들이 미래 사회가 요구하는 인재상에
더욱 가깝게 다가갈 수 있다고 본다. 나는 우리 아이들이
4차 산업혁명 시대를 이끌어갈 역량을 키울 수 있는 답을
시골에서 찾았다.

시골에서 답을 찾다

코로나19 이후 뉴노멀 시대가 도래했다. 뉴노멀(New Normal) 이란 사회·경제 위기 이후 정착한 새로운 표준이나 질서를 의미한 다. 뉴노멀의 핵심 키워드로는 '언택트(Untact)', 즉 비대면을 꼽을 수 있다. 기업에서는 원격 근무가, 학교에서는 온라인 수업이 실시 되었다. 그뿐 아니라 친목을 위한 모임도 온라인 회의 프로그램을 통해 만나고 있다. 준비되지 않은 상황에서 급작스럽게 미래 사회 가 현실로 다가왔지만, 디지털 신기술과 인공지능의 발달로 대응 해 나가고 있다.

인공지능(AI·Artificial Intelligence)은 4차 산업혁명의 핵심 기술 이다. 4차 산업혁명은 2016년 세계경제포럼(WEF, 다보스포럼)에 서 클라우스 슈바프(Klaus Schwab)가 세상을 바꿀 키워드로 처음 제시했다. 그 이후 많은 전문가가 변화할 세상에 대해 논의를 이어 가고 있다. 가장 큰 변화로는 일자리 감소를 예측했다. 기존의 많은 일자리가 인공지능에 의해 대체될 것이라고 한다. 제조 공정의 노동자, 지능 집약적인 직업뿐만 아니라 서비스업이나 의사, 변호사로 대변되는 전문직까지 인공지능에 의해 그 자리를 빼앗길 것이다. 또한 현재 초등학생 입학생 중에서 65%가 현존하지 않는 직업을 가지게 될 것이라고 2016년 다보스포럼에서 전망했다.

우리의 아이들은 우리 세대나 그 이전 세대가 경험하지 못한 새로운 시대를 살 것이다. 그러나 우리의 교육 시스템은 여전히 과거에 머물러있다. 어릴 때부터 대학 입시에 초점을 맞춰 학교와 학원에서 종일 공부한다. 미래에 존재하지도 않을 직업을 위해 시간을 낭비하고 있는 것이다.

그렇다면 4차 산업혁명 시대를 살아가야 하는 우리 아이들에게 필요한 역량은 무엇일까? 이주호, 정제영, 정영식 교수가 공저한 인공지능 교육에 관한 책 《AI 교육 혁명》에서는 변화에 유연하고 평생 스스로 학습할 수 있는 역량을 갖춘 인재가 요구된다고 하였다. 그동안 교과 시험 성적에만 매달려 왔던 교육에서 벗어나, 이해하고 암기한 것을 바탕으로 지식을 적용하고 분석하고 창조하는 '인지 역량'을 키워야 한다고 말한다. 모든 배움을 대학 입시에 맞춰 경쟁으로 내몰지 말고, 아이들을 자기 주도적인 평생 학습자로 성장하도록 해야 한다고 강조한다. 그와 더불어 사람들과의 협력과 같은 인간적인 연결을 중시하는 '사회 역량'을 갖춰야 인공지능 시대를 열어갈 수 있다고 했다.

또한 다수의 전문가는 미래에 세상을 움직일 인재로 '창의력을 갖춘 사람'이라고 입을 모아 말한다. '창의성'은 새로운 생각이나 개념을 찾아내거나, 기존 개념을 새롭게 조합하여 문제를 해결하는 역량을 의미한다. 전에 없던 것을 창조하는 것뿐 아니라 기존의 지식이나 기술을 활용하여 더욱 가치 있는 것을 만드는 능력인 것이다.

'창의성'이 화두로 떠오르니 사교육 시장은 발 빠르게 창의력 증진에 맞춰 움직였다. 창의력 교재, 창의력 학원 등이 아이의 창의력이 떨어질까 염려되는 부모들을 유혹한다. 그러나 창의력이란 문제집 몇 권, 콘크리트 건물 안의 학원 수업으로 길러지기엔 한계가 있다. 교육 멘토 민철홍 교수는 살아있는 생물과 여러 가지 물체, 융통성 있는 공간 배열로 아이의 민감성을 자극하는 환경을 만들어 직접 만지고, 느끼고, 보고, 듣고, 냄새 맡음으로써 창의적인 사고를 할 수 있다고 한다. 즉, 자연을 직접 경험하는 것이 창의적인 사고를 하는데 중요하다는 것이다. 도시보다는 자연에 둘러싸인 시골이 창의력을 키우는데 더욱 적합한 환경인 것이라 생각된다.

"인간에게 있어 삶의 기반은 자연이다."

산촌유학을 처음 시작한 일본의 교사 아오키 다카야스의 말이다. 초대 국립생태원장이자 이화여대 석좌교수이신 최재천 교수님도 저서 《손잡지 않고 살아남은 생명은 없다》에서 본인이 시골 출신이었기 때문에 생물학자가 될 수 있었음을 밝히셨다. 어릴 적 잡고 놀았던 생쥐새끼, 논병아리, 쇠똥구리가 생물학자의 길로 안내한 것이었다. 시골 학교 교사인 이원홍씨도 시골 교육을 높이 샀다. 그는 미스코리아 출신 하버드생으로 유명한 금나나(동국대학교 식품생명공학과 조교수) 교수를 키워낸 엄마이기도 하다. 금나나 교수가 자신의 꿈을 향해 항상 도전하는 힘의 원천이 되어준 것이 바로 시골이라 믿는다는 것이다.

다람쥐 쳇바퀴 돌듯 도시에서 학교와 학원만 왔다 갔다 하며 엄청난 공부량에 짓눌린 아이들보다 시골에서 마음껏 뛰어놀며 호기심에 자연을 접하는 아이들이 미래 사회가 요구하는 인재상에 더욱 가깝게 다가갈 수 있다고 본다. 나는 우리 아이들이 4차 산업혁명 시대를 이끌어갈 역량을 키울 수 있는 답을 시골에서 찾았다.

농촌유학이란

　'제주도 한 달 살기' 붐을 시작으로 각종 시골 체험, 농촌에서 한 달 살기 등이 유행처럼 지나갔다. '농촌유학'도 일종의 농촌 살기 체험 프로젝트인데 개인적으로 시골 살기에 도전하는 것과 어떤 차이가 있을까? 가장 큰 차이는 학교가 중심이 된 학생들 대상이다. 방학이나 휴가를 이용한 단기 체험이 아닌 적어도 1학기 이상 전학을 가는 중장기 프로그램이다. 혼자 힘으로 농촌유학을 헤쳐나가는 것이 아니라 교육청과 지자체의 각종 지원과 혜택을 받을 수 있다는 장점도 있다.

　'유학(留學)'은 외국의 학술·기술·문화 등을 공부하기 위하여 외국의 교육기관이나 연구기관 등에서 교육을 받거나 연구 활동에 종사하는 일을 말한다. 그런데 해외도 아닌 농촌으로 유학을 간다는 게 무슨 말일까? 더군다나 코로나바이러스 확산으로 이동이 자유롭지 않은 시국에 말이다.

'농촌유학'이란 서울시교육청과 전라남도교육청이 업무협약을 맺어 서울시에 거주하는 초등학생과 중학생이 전남의 시골 학교로 1학기(1학기 더 연장 가능) 전학을 가서 생활하는 프로그램이다. 서울 학생들이 농촌 학교에 다니면서 자연-마을-학교 안에서 계절의 변화, 제철 먹거리, 관계 맺기 등의 경험을 통해 생태 시민으로 성장하도록 지원한다. 농촌유학을 통해 서울 학생들은 생태 친화적 농촌 환경 속에서 생태 감수성을 기르고 상호 협력하는 문화를 배울 수 있다.

전라남도는 인구 유출이 심각한 수준이다. 2017년 기준, 유소년 인구 100명당 고령 인구를 뜻하는 노령화 지수는 10개의 시·도 중 전남이 168.8명으로 1위를 차지했다. 노인층만 사는 지역이 수두룩하다는 뜻이기도 하다. 더불어 시골의 작은 학교들은 당장 학교의 존폐를 걱정할 단계에 이른지 오래다.

그렇다 보니 귀촌 귀농 캠페인으로 인구 유입을 시도 중인데 '농촌유학'도 그중 하나로 볼 수 있다. 학교의 분교화나 폐교를 막기 위한 학교와 교육청, 귀농으로 지역민을 늘리고자 하는 마을과 지자체가 한뜻으로 유학생들과 가족들에게 각종 편의를 제공한다.

교육청과 학교가 유학생과 가족들을 모집하면, 교육청의 지원을 받은 마을에서는 집과 기본 살림살이를 마련하고, 기초지자체에서는 도로 정비나 안전시설 확충 등의 지원을 하는 식이다. 학교는 학교대로 체험학습과 방과 후 수업 프로그램을 특화해 내실 있는 교육을 받을 기회를 제공한다. 또한 유학생은 교육청에서 초기 정착금 50만 원(1회)과 유학비를 지원받는다. 지역에 따라 교육청 유학 지원금과 별개로 지자체에서 추가로 지원금을 지급하는 곳도 있다.

지원금과 부담금

거주 유형	유학비	지원 금액 서울	지원 금액 전남	학부모 부담액
홈스테이형 지역센터형	1인당 월 80만원 / 1인당 초기 정착금 50만원(1회)	1인당 월 30만원	1인당 월 30만원	1인당 월 20만원
가족체류형	임대료 농가마다 다름	- 학생 1인 가구: 월 30만원 - 학생 2인 가구: 월 40만원 - 학생 3인 가구: 월 50만원	가구당 월 30만원	지원금을 제외한 농가 임대료와 공과금

서울특별시교육청

그러나 이 프로젝트를 바라보는 서울과 전남교육청의 시각에는 차이가 있다. 서울은 체험이 목적이기에 가능한 한 많은 학생이 농촌 생활을 체험하길 원한다. 농촌 생활을 통해 4차 산업혁명 시대에 부합하는 인재가 되는 능력을 어려서부터 배우기를 바라는 것이다. 시골 생활을 통해 자연을 이해하며 자연 친화적인 사람으로 성장하길 바란다. 그래서 교육청 지원을 받을 수 있는 유학 기간도 최장 1년으로 정해 놓았다.

반면에 전남은 좀 더 원대한 목표를 가지고 있다. 이렇게 유학 온 가족들이 아예 귀촌하여 지역사회의 구성원으로 거듭나는 것이 그것이다. 고령화되는 지역을 살려보겠다는 간절함이 엿보인다.

이 프로그램의 정식 명칭은 '전남농산어촌유학'이다. 2021년 1학기 처음으로 교육청 주도로 정책적으로 시행된 것이다. '산촌유학' 혹은 '농촌유학'이란 이름의 유학 시설들은 2000년대부터 전국 각지에서 시행하고 있었다.

'산촌유학'은 1968년 일본에서 생겨났다. 한국 못지않게 입시경쟁이 치열한 일본의 교육 현실에서 미래의 희망이 없다고 생각한 교사 '아오키 다카야스'에 의해 시작되었다. 아오키 선생은 학교에서 근무하는 동안 도시에서 사는 아이들에게 필요한 것은 자연 체험이나 시골 생활 체험이라는 것을 절실하게 느꼈다. 교사 생활을 그만둔 그는 사회 교육 단체 '소다테루카이(아이들을 키우는 모임)'를 설립하고 '다음 세대를 짊어질 생태적인 사람을 키우자'는 목표로 도시의 초·중학생들 대상의 체험 프로그램을 열기 시작했다.

그 후 일본 문부과학성 산하의 재단법인 '소다테루카이'가 1976년 처음으로 법제화시켜 인구 감소로 고민하던 지방 자치 단체를 중심으로 전국으로 확산되었다. 그 이야기는 《산촌유학》 책에 잘 소개돼 있다. 고쿠분 히로코라는 사람이 하나밖에 없는 아들을 산촌에 유학 보낸 이야기를 자세히 풀어내면서 언론의 주목을 받기 시작했다.

우리나라에서도 일본의 '산촌유학'에 관심을 가진 이들이 늘어났다. '전국 산촌 유학 협의회'를 구성하고 2007년부터 전국 곳곳에 '산촌유학센터'를 만들어 활발하게 활동하고 있다.

'유학 학교'로 지정받기 위해서는 조건이 있다. 전교생 60명 이하의 시골 학교여야 한다. 거리두기가 가능한 소규모 학교이기에 매일 등교할 수 있는 것이 지금처럼 온라인 수업을 병행하는 팬데믹 상황에서 가장 큰 장점이라 할 수 있겠다. 2020년 1학기 초등학교 등교일이 가장 많은 곳은 전남(59일)으로 서울(11일)보다 5배 이상 많았다.

장기간 온라인 수업이 지속되면서 학습 결손이나 학습 격차 문제가 커지고 있다. 온라인 수업에 대한 기술과 선생님들의 역량은 향상되고 있지만, 쌍방향 커뮤니케이션이 힘들다는 한계가 뚜렷하다. 선생님이 아무리 수업 준비를 열심히 해도 학생들의 수업 참여도를 높이기가 쉽지 않은 게 현실이다. 실제로 코로나 이전과 비교해 '학력 양극화 현상'이 두드러졌다. 평소 학습 의지가 높고 자기주도학습이 가능한 상위권은 별 차이가 없다. 반면, 온라인 학습으로는 학습 동기와 집중도를 끌어들이기 힘든 학생들은 중위권에서 하위권으로 하향 이동했다. 이전에는 상위권, 중위권, 하위권 학생의 비율이 중위권이 두터운 다이아몬드 형태를 보이던 것이 코로나 시대에는 삼각형 형태를 띠는 것이다. 매일 등교 수업을 하면 학습 결손을 최소화할 수 있다는 것을 알게 한다.

도시에서는 점점 흙을 보기 힘들어졌다. 놀이터 바닥에도 길고양이들의 배설물로 비위생적이라는 이유로 흙과 모래를 걷어내고 우레탄 바닥이 깔린 지 오래다. 물론 우레탄의 발암 위험성 때문에 다시 모래로 되돌려놓는 곳도 생겨나고 있지만 말이다. 심지어는 학교 운동장마저 흙 대신 인조 잔디가 깔리기도 한다. 그런 콘크리트와 아스팔트로 둘러싸인 도시에서 스마트폰을 가지고 노는 아이들은 사고력과 창의력을 발휘하기 힘들 것이다.

세계 창의력 교육 노벨상 '토런스상'을 수상한 창의영재교육 분야 최고 권위자인 김경희 교수는 저서 《틀 밖에서 놀게 하라》에서 다음과 같이 말한다.

"세상은 '창의적인 인재', '융합형 인재', '틀에 박히지 않은 사람'을 원하는데 아이의 놀이부터 학습 공간, 경험까지 모든 것이 점점 더 틀 안으로 갇히고 있다. 날이 갈수록 틀은 더욱더 단단하고 견고해져서 '흙 한 번 만져본 적 없는' 아이의 힘으로 도저히 깰 수 없는 강철 벽이 된다."

"흙을 밟는 도시 아이들!"

전남농산어촌유학의 캐치 프레이즈이다. '매일 등교'와 '흙이 있는 자연' 두 가지만으로도 '농촌유학'의 매력은 충분하다고 본다. 그래서 선우와 세은이는 농촌유학을 선택했다. 유학이 끝난 후에는 더욱 성장한 몸과 마음으로 원래 다니던 학교로 돌아갈 수 있을 것이다. 이제부터 선우와 세은이는 '흙을 밟는 도시 아이들'이다.

농촌유학을 가다

온라인 수업을 마치고 점심을 먹으며 아이들에게 넌지시 '농촌유학'에 대해 알렸다. 세은이는 내 말이 채 끝나기도 전에 흥분하며 이렇게 외쳤다.

"그럼 학교 매일 갈 수 있는 거야? 나, 갈래요!"

세은이는 코로나바이러스로 인한 거리두기 상황에서 초등학생이 되었기에 학교를 제대로 다녀본 적이 없다. 20년 6월 초, 첫 대면 수업 이후에 학교 가는 날만 기다려왔다. 30분씩 단축 수업으로 9시에 가서 12시면 돌아왔지만 1주일에 1~2번 가는 학교를 너무 좋아했다. 그런데 좋아할 줄 알았던 선우의 반응이 예상외로 뜨뜻미지근하다.

"한 달 정도면 모르겠는데 6개월이나 친구들을 못 만나는 건 좀……."

"오빠! 가서 새로운 친구들 사귀면 되잖아. 그리고 1학기 있다가 다시 돌아와서 친구들 만나도 되고, 오빠, 가자 제발. 가서 우리 개구리 잡고 놀자!"

"그, 그럴까? 개구리 잡는 건 재밌겠는데? 아! 모르겠어……."

농촌유학에 대해 갈팡질팡하는 오빠를 세은이는 설득하려고 애를 썼다.

"오빠, 나 오빠 말 잘 들을게. 학교도 매일 가고 얼마나 좋아! 나 진짜 가고 싶어."

"……."

"쳇! 오빠 안가면 나 혼자 갈 거야!"

혼자라도 가겠다는 세은이에게 이렇게 설명을 덧붙였다.

"4학년 이상만 갈 수 있어서 너는 오빠가 가야지만 갈 수 있어."

그러자 더 야무지게 오빠를 설득했다. 결국 동생의 꼬드김에 선우는 마음의 결심을 했다. 선우의 마음이 변할까 걱정이 돼 다음 날 당장 신청서를 학교에 제출했다.

우리 가족은 2021년 세은이가 2학년이기에 가족 체류형을 선택했다. 물론 나와는 달리 겁이 많은 선우가 혼자서는 절대 가지 않을 것이기 때문이기도 했다. 고민할 필요도 없이 나는 아이들과 함께 가야만 했다. 하지만 남편은 어찌해야 할까? 최소 6개월 이상 주말부부를 해야 할 수도 있기에 아직 기회가 있는 육아휴직 이야기를 조심스레 꺼내 보았다. 그러나 공무원이 아닌 이상 아빠가 6개월이나 육아휴직을 내기는 쉽지 않은 일이다. 혼자 서울에 남겠다는 결정을 내린 남편에게 고맙고도 미안했다. 결국, 아이들과 나 이렇게 셋이서 내려가기로 하였다.

나의 본가는 순천이다. 순천에서 태어난 것도 아니고 어렸을 때는 더 시골에 살기도 했지만, 학창 시절을 순천에서 보냈다. 초등학생 시절 순천으로 이사를 와서 졸업하고, 중·고등학교를 나왔다. 대학교에 입학하면서부터 집을 떠나 서울에서 살기 시작했는데, 친정어머니는 아직 순천에 계신다. 엄마와 떨어져 살기를 20년이 훌쩍 넘었다. 같이 살았던 해 보다도 더 긴 세월이다. 그래서 마침 순천도 유학지로 포함된 이 프로그램이 더욱 운명처럼 다가왔을지도 모른다. '이참에 엄마 가까이서 한번 살아보자' 싶어 순천에서 유일한 가족체류형인 월등초등학교를 1희망으로, 그나마 순천과 가까운 곡성의 두 초등학교를 두세 번째로 희망하여 신청서를 제출하였다.

신청서를 내고 나니 조금 더 실감이 나는 모양이었다. 아이들도 시골에서 산다는 생각에 내려가면 뭐 하고 놀지 매일 궁리했다. 개구리도 잡고 싶고, 꽃도 심고 싶고, 복숭아도 따고 싶고, 하고 싶은 게 참 많다. 물론 친정엄마 생각하면 걱정이 앞서기도 했다. 우리가 내려가 살면 귀찮아하시지는 않을까? 다시 올라가야 할 때 많이 우울해하시지는 않을까? 하지만 언제나 엄마 마음보다 내 마음이 먼저였던 이기적인 딸내미는 엄마 옆으로 간다는 사실만으로도 너무 좋았다. 다시, 설레기 시작했다.

신청서를 제출하고 한 달이 조금 안 되었을 무렵, '귀하의 자녀가 순천 월등초등학교에 배정되었습니다'라는 반가운 메시지를 받았다. 축하를 전하는 남편의 목소리엔 힘이 없었다. 괜스레 또 미안해졌다. '시골에 가면 애들 둘 돌보는 일이 온전히 내 몫이 되는 것인데 당신은 혼자 자유를 누리지 않느냐'란 말은 차마 입 밖으로 내지 못했다. '아니 뭐, 나 좋자고 가는 건가?' 하는 볼멘소리도 입 안에서만 맴돌았다. 게다가 걸어서 10분 거리에 시댁이 있으니 오가며 지내면 그리 외롭지는 않으리라.

결혼 후 10여 년을 옆에서 살아서인지 시어머니도 유학 결정을 흔쾌히 지지해주셨다. 다만, "친정어머니 너무 힘들게 하지 마라"

는 당부도 잊지 않으셨다. 다행히 엄마는 방학 때나 만나는 딸과 손자들 자주 볼 생각에 적잖이 좋으신 눈치셨다.

그렇게 세 식구 짐을 꾸려 개학을 앞두고 2월 26일 드디어 순천으로 오게 되었다. 나는 20여 년 만에 다시 순천사람이 되었다.

농촌유학 모집 안내

 '농촌유학'의 형태는 총 3가지가 있다. 농가 홈스테이형, 지역 센터형, 가족 체류형이다. 농가 홈스테이형은 학생이 학교 인근 농가에서 농가 부모의 보살핌을 받으며 생활하는 홈스테이 형태이다. 지역 센터형은 학생이 유학센터에서 활동가의 보살핌을 받으며 생활하는 형태이다. 다른 지역에서 온 여러 유학생과 센터에서 함께 생활하는 것이다. 마지막으로 가족 체류형은 가족 전체 또는 일부가 이주하여 마을에서 제공하는 주택에서 함께 생활하는 형태이다.

 지원 대상은 서울지역 초등학교 4학년부터 중학교 2학년까지지만 형제·자매가 같이 오거나 가족체류형의 경우 초등 저학년도 가능하다. (*2021년 2학기 모집 대상에 광주광역시와 경기도 거주 학생들이 추가되었다.)

 농촌유학을 처음 시행한 2021학년도 1학기 때는 20개 학교(초등학교 13교, 중학교 7교), 10개 지역(순천, 영암, 강진, 화순, 곡성, 신안, 담양, 장흥, 해남, 진도)에서 운영했다. 서울 학생 82명(초등학생 66명, 중학생 16명)이 참여하였는데 참가자가 많은 지역은 순천(26명), 영암(12명), 강진(9명), 화순(9명) 순이었다. 거주 유형별 신청 결과를 보면 홈스테이형 24명, 지역 센터형 3명, 가족체류형 55명(32가구)이었다.

처음 100명 정원의 모집 신청 안내에는 가족체류형 15가구, 센터형 1곳을 제외한 농가 홈스테이형이 월등히 많았다. 그러나 어린 자녀를 혼자 보내기보단 함께 생활하기를 원하는 학부모가 많았던 탓에 가족 체류형으로 두배 이상 몰린 것이다. 이후 전남교육청에서는 모듈러하우스를 더 늘리고, 민박 및 펜션을 이용하거나 빈집을 리모델링 하는 등 가족 체류형 지원자 대부분을 수용하고자 여러 방면으로 지원하였다.

2학기에 전남으로 농촌유학을 오는 학생은 165명(초등학생 139명, 중학생 26명)에 달한다. 이는 1기 유학생 82명의 두 배가 넘는다. 전남 농산어촌 유학의 인기를 실감하게 한다. 여기에는 1기 유학생 중 연장을 희망한 57명도 포함됐다. 2기 유학생을 지역별로 보면 서울이 151명으로 가장 많고, 광주 9명, 경기도 4명, 인천 1명이다. 유학 형태별로는 농가 홈스테이형 13명, 지역 센터형 22명,

가족 체류형 130명으로 나타났다. 1기 모집 결과 학부모님들의 가족 체류형에 대한 뜨거운 관심을 고려하여 지자체의 지원과 협조 아래 유학생 가족의 거주 공간을 대폭 늘려 2기 유학생들을 맞이하였다.

우리 마을에도 스틸하우스 두 채가 더 들어왔다. 가족 체류형 중심으로 유학 마을을 조성하여 작은 학교 살리기는 물론 농촌 인구 유입과 지역경제 활성화에도 도움이 될 것으로 보인다. 일례로 1기 농촌 유학 1가족이 귀촌을 결심했다는 기사를 보았다. 2기 유학생들은 전남 도내 20개 시·군 64개 학교(초등학교 48교, 중학교 16교)에 배정됐다. 시·군별로는 순천(25명), 화순 (24명), 영암(20명) 순으로 배정이 됐고 구례(17명), 장성(14명)이 뒤를 이었다.

농촌유학 절차는 다음과 같다. 1~3희망 유학 학교를 기재해 현재 학교에 1차 신청서 제출, 유학 학교와 유학생 매칭·통보, 매칭된 학교와 마을 등을 방문하여 유학 생활을 하기에 적합한 곳인지 확인한 후 확정한 유학 학교를 기재해 2차 신청서 제출, 최종 유학 학교 확정, 주소 이전 및 전학의 순서로 진행된다. 2차 신청서 제출 전까지는 취소와 학교 변경(공석인 경우에만)이 가능하다. 유학 학교는 모두 공립학교로 주소 이전을 해야만 학교에 다닐 수 있다. 가족 체류형은 보호자와 함께 세대 구성하여 이전하고, 홈스테이형과 지역 센터형은 농가 부모 또는 활동가의 동거인으로 전입하면 된다.

서울시교육청은 농촌유학 학생들의 적응을 지원하기 위해 학생과 학부모를 대상으로 실시간 쌍방향 원격 모니터링을 비롯하여 전화 상담을 통한 모니터링, 현장 방문 모니터링 등 월 1회 이상 농촌유학 학생 및 학부모와 소통한다. 우리가 '총총 선생님'이라고 부르는 서울교육청 소속 선생님과 한 달에 한 번 온라인상에서 실시간으로 만나는데, 기록의 중요성, 기록하는 방법 등을 알려주시고 유학생들의 이야기를 들어주신다. 1학기 유학 생활을 마무리할 즈음에는 그간 기록한 것 중 각자 2~3개씩을 모아 홈페이지도 만들어주셨다. 다른 지역에서 유학하는 학생들은 어떻게 지내는지 둘러보며 아이들과 함께 이야기를 나누었다. 우리도 해본 것, 우리도 가본 곳이라며 찾아보는 즐거움이 있었다. 유학 생활 1년이 되는 연말에는 우리의 이야기를 모아 책도 출간해주신다고 한다. 1학기를 더 지내며 또 얼마나 풍성하고 재미있는 이야기들이 담길지 기대가 된다.

'농산어촌유학 운영'을 위한 서울시교육청과 전라남도 교육청의 업무협약체결 당시 조희연 서울 교육감은 "땅에 씨를 뿌리면 움이 트고 꽃과 열매가 맺히는 것이 자연의 이치인데 그러한 이치를 거스르며 살아가는 도시의 삶들이 기후 위기를 초래했다"면서 "우리 학생들이 '흙을 밟는 도시 아이들'을 통해 순수한 생의 기쁨을 맛보며 자연과의 회복을 만들어가는 생태 시민으로 성장할 수 있기를 바란다"고 밝혔다. 1기 대비 2기에 두 배 이상 늘어난 유학생 숫자가 말해주듯이 농촌 유학이 성공적으로 정착되어 가고 있는 모습이다. 이에 따라 전남교육청과 서울시교육청은 공동으로 농산어촌유학사업의 전국단위 확대를 위해 관계부처 등과 긴밀한 협의를 진행하고 있다. 앞으로 도시 학생들이 전라남도뿐만 아니라 전국의 다양한 농산어촌 지역에서 유학 생활을 할 수 있게 되길 바란다. 다음엔 동해 바다가 시원하게 펼쳐진 한적한 어촌 마을에서 한 번 더 유학 생활을 해보는 꿈도 가져본다.

3장
농촌유학이 시작되다

작년에 아이들은 1주일에 1~2번 학교에 갔다. 친구들과 노는 것은
상상도 할 수 없었다. 그랬던 아이가 월등에 와서 신세계를 맛본 듯하다.
쉬는 시간과 점심시간에 친구들이랑 교실이나 운동장에서 노는 것이
그렇게 재미있단다. 첫날 학교에서 돌아온 세은이의 말이다.
"엄마! 학교가 이렇게 재밌는 곳인지 몰랐어!"

좌충우돌, 농촌유학이 시작되다

　유학 마을 조성을 위한 공모사업으로 선택되어 진 마을에 자치단체와 교육청의 지원까지 더해져 작지만 살기에 큰 부족함이 없는 집을 받았다. 우리 가족이 사는 집은 다락방이 있는 7평 원룸형 모듈러하우스이다. 서울에서 월등으로 다섯 가구가 유학을 왔다. 네 가구는 아이가 한 명 또는 두 명인 집이라 주동 마을의 모듈러하우스 네 채에 차례로 입주하였다. 남은 한 가구는 중학생 포함 삼 남매와 엄마, 총 네 명이 사는 집이라 좁은 스틸하우스에서는 지내기가 곤란하여 옆 마을의 좀 더 넓은 한옥 민박집을 거처로 삼았다. 삼 남매가 사는 집은 넓은 마당이 있고, 집 뒤에 물놀이가 가능한 계곡이 흐르는 한적하고 아름다운 집이다.

　그러나 우리는 네 집이 모여 있어 아이들이 같이 놀기에는 더 좋다. 더불어 주동 마을을 중심으로 마을에 거주하시는 이장님, 전직 경찰관 최선생님, 퇴직한 초등학교 함선생님이 마을 공동체를 조직하여 우리를 돌봐주신다. 2기 모집 때는 10곳의 유학마을 중 한 곳으로 선정되어 '순천 주동 복숭아 유학마을'로 새로운 유학생들을 맞이하였다. 스틸하우스는 두 채가 더 들어와 최종 5가구가 주동 마을에 거주하게 되었다. 가장 작은 집 한 채는 추운 겨울 아이들이 함께 놀고 공부할 수 있는 공간으로 남겨두었다.

'농촌 유학' 프로젝트가 다소 급하게 진행되는 바람에 개학을 불과 2~3일 앞두고서야 모듈러 주택이 완성되었다. 완공된 집이 들어온 날과 그다음 날에 걸쳐 네 가구가 이사하게 되었다. 네 집은 앞으로는 화단을, 뒤로는 텃밭을 각각 받았다. 그 땅을 가꾸기 위해선 얼마나 많은 노동이 필요한지도 모른 채, 마치 땅따먹기라도 한 듯 신이 났다.

우리 집은 내부가 편백으로 마감이 된 복층 원룸이다. 이사 온 첫날 현관문을 여니 기분 좋은 편백 냄새가 가득 풍겨왔다. 어디 여행이라도 온 기분이었다.

"야~~ 이거 매일 펜션에서 사는 것 같겠다!"

기본으로 제공해 주신 냉장고, TV와 TV장, 전자레인지, 신발장을 배치하고 짐을 풀었다. 한 가지 안타까운 점은 세탁기가 집 밖에 놓여있는 것이었다. 원래는 싱크대 한쪽에 세탁기 공간을 마련해 두었는데 크기가 맞지 않아 집 밖으로 내놓게 되었다고 하셨다. 나는 그 공간에 밥솥 선반을 사 넣어 밥솥과 전자레인지를 두니 맞춘 듯이 딱 맞았다. 단지 비 오는 날 우산 쓰고 빨래하기란 여간 성가신 일이 아니었다. 세탁기가 외부에서 비바람을 다 맞아도 되나 하는 걱정도 되었다.

창문은 거실 전면에 큰 유리창을 포함하여 1층에 2개, 2층에 2개씩 맞바람이 불도록 배치되어 있다. 화장실 바로 앞쪽에는  열지 못하는 세로로 긴 창이 있다. 환기도 잘 되고, 햇빛도 잘 들어 좋은데, 문제는 전부 투명 이중창으로 되어있어 사생활 보호가 전혀 되지 않는다는 점이었다. 심지어 화장실 창문까지 티 없이 맑고 투명했다. 얼른 순천 시내에 있는 생활용품 할인점으로 달려가 창문에 붙일 불투명 시트지를 비롯한 거실 창의 커튼 등 급한 것들을 구매했다. 큰 거실 창문에는 커튼을 달고 화장실 앞 긴 창에는 부직포 블라인드를 붙였다. 화장실을 비롯한 남은 창문에는 불투명 시트지를 재단하여 붙여놓으니 밤에 불을 켜도 집 안이 보일 염려는 없었다. 집을 지을 때 조금만 더 신경 써서 안쪽 창문은 간유리로 끼워주셨으면 얼마나 좋았을까 하는 아쉬움이 남는다. 마감재를 고정한 못이 살짝 튀어나온 곳은 투명한 유리 미끄럼 방지 스티커를 사다 붙여놓으니 티도 나지 않고 깔끔했다.

새집에 들어와 새 물건들을 사용하는 이점은 있지만, 이것저것 세심하게 살펴볼 것들도 많았다. 그래도 아이들은 아파트와는 다른 복층 다락방이 있는 집을 너무 좋아했다. 생활은 보통 아래층에서 하고 위층은 잠자는 공간이다. 요 두 채가 꼭 들어맞는 넓이라 남편까지 넷이 오순도순 딱 좋다. 아래층엔 밥상 겸 책상인 접이식 원목 테이블과 등을 기댈 수 있는 좌식 소파 2개를 놓았다. 집안 분위기가 안락해지고 공간 활용에도 좋았다. 주문한 테이블이 오기까지 며칠은 계단 끝에 음식을 차려놓고 한 명씩 돌아가며 식사를 했는데 아이들은 그것마저도 즐거워했다. 유학 온 설렘에 뭐든지 재밌고 신나는 듯 보였다. 다행히 택배는 서울처럼 하루 만에 아주 잘 왔다.

아이들은 매일 뛰어 노느라 좋아서 어쩔 줄 모르는데 다소 불편한 부분도 있다. 사람은 자고로 누군가에게 무엇을 베풀면 생색을 내기 마련이다. 3월 초부터 대략 5월까지 교육청 관련인, 순천

시청, 월등면, 시의원과 도의원 등 정치인, 농협 조합원, 학교 선생님들, 여성단체 심지어 장애인 단체에서까지 수시로 찾아와 집과 마을을 구경하고 준비도 되지 않은 엄마들과 사진을 찍어 갔다. 트레이닝팬츠와 슬리퍼 차림이지만 코로나19로 마스크를 쓰고 있는 것이 그리 다행일 수가 없었다.

바삐 돌아가는 도시에서 살던 우리는 시간관념이 확실하다. 그러나 이곳 분들은 시간의 중심이 농사일에 맞추어져 있어서인지 상대방의 시간은 덜 존중해 주는 듯하다. 약속 없이 불쑥 찾아오는 경우도 부지기수요, 설령 약속했다 하더라도 늦는 것이 예사다. 마을에서 진행하는 행사나 일도 예고 없이 갑자기 모이라고 하는 게 다반사다. 그런데도 시골 정서가 가득 담긴 선물 보따리와 오며 가며 밭에서 캐셨을 나물 한 줌은 농촌 생활에 대한 설렘을 안기기에 충분했다. 6월부터는 매실이며 자두, 복숭아 등 과일뿐만 아니라 가지, 호박, 고추 등 채소까지 마을 이집 저집에서 나눠주셨다. 우리 텃밭에서 가꾸는 채소들에 이웃에서도 나눠 주시니 과일, 채소는 사 먹을 일이 없었다.

우리가 사는 주동 마을은 순천시 월등면에 속해 있다. '시(市)에서 농촌 유학을 한다고?' 의아해할 수 있다. 내가 어릴 때 월등면은 순천시가 아니라 승주군에 속해 있었다. 1995년 도농복합시(都農統合市) 제도 시행에 따라 순천시와 승주군을 통합하여 통합 순천시가 되었다. 따라서 순천에는 동(洞)단위와 면(面)단위가 함께 있다. 우리 마을이 다른 유학 마을과 비교해 좋은 점 중의 하나가 이것이다. 우리가 사는 곳은 새벽부터 경운기 소리에 잠을 깨는 완전 시골이다. 마트는커녕 구멍가게 하나 없다. 치킨과 자장면도 차로 배달이 오는 곳이다. 버스도 하루에 4번 온다. 여기서는 온전히 시골살이, 생태체험을 할 수 있다.

그러나 대형마트, 종합 병원, 극장, 백화점까지 각종 인프라가 갖춰진 순천 시내까지는 차로 20~30분밖에 걸리지 않는다. 순천이 전남 동부권의 한 가운데에 위치하다 보니 각종 편의시설이 순천에 몰려있다. 촌사람으로 살다가 언제든 도시 사람이 될 수 있는 것이다.

교통 또한 편하다. 인근 전라도 지역은 1시간 30분 이내로 어디든지 갈 수 있고 2시간이면 경상남도 거제도까지 가능하다. 코로나 시대 찜찜한 숙박 시설 이용할 필요 없이 당일치기 남도 여행이 가능하다는 이야기다. 섬으로 간 한 유학 가족은 마트를 가려면 1시간이 넘게 걸린다고 하니 순천으로 오길 잘한 것 같다. 대신 그 섬마을은 교육청과 별도로 지자체에서 따로 지원금을 상당히 주고 훨씬 넓은 집을 제공 받는 장점이 있다. 어느 학교 어느 마을이 우리 아이들에게 적합한지는 각자 선택에 달려있다.

3월 2일 화요일
학교에 처음갔다. 유학간
학교는 월등 초등학교다
놀때도 재밌었고 선생님도
친절했다. 그래서 좋았다.
밖에서 놀때도 재밌었고 교
실과 돌봄에서도 재미 있었다.
나는 올챙를 잡는것과 개구리
를 보는게 소원이다. 좁지만
집도 좋았다.

3월 4일 목요일

거성부
원룸 집

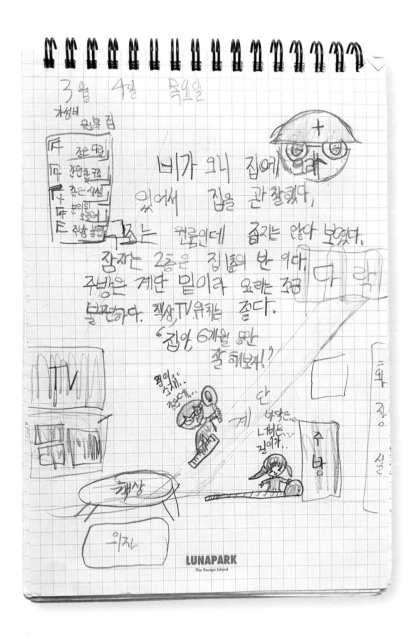

비가 와니 집에 없어
있어서 집을 관찰했다.
1층은 원룸인데 좁지는 않다 보였다.
잠자는 2층은 집층의 반 이다.
주방은 계단 밑이라 요리는 조금
불편하다. 책상,TV,위치는 좋다.
"집안 6개월 동안
잘 해보자!"

TV
책상
의자
계단
수납
벽장실

72

아이들을 작은 학교에 보낸다는 것

　우리 아이들이 다니는 순천 월등초등학교는 전교생이 33명인 아주 작은 시골 학교이다. 이번에 서울에서 7명의 아이가 유학을 와서 이제 40명이 되었다. 세은이는 6명이던 2학년 반에 들어가 7명이 되었다. 5학년은 여학생만 1명 있던 반에 서울에서 선우 포함 3명의 남학생이 내려와 4명으로 반이 구성되었다. 작년 4학년이었을 때는 혼자서 수업을 들었다고 하니 얼마나 외롭고 심심했을까 싶다. 여학생이 1명이라도 같이 왔으면 좋았겠지만 그래도 친구들이 생겼으니 좋겠지?

　작은 학교는 장단점이 뚜렷이 있다. 먼저 단점을 말해보자면 선생님들 입장에선 일손 부족을 꼽을 수 있겠다. 한 반 아이들 수가 적으니 교사당 학생 수는 대한민국 어느 초등학교와 견주어도 적은 편이지만, 교사의 절대 수가 부족해서 선생님들이 여러 가지 일

을 맡아 하신다. 웬만한 학교에는 다 계신 도서관 사서 선생님과
보건 선생님이 따로 없다. 그렇다 보니 학부모님들의 도움이 필요
하다. 학기 초에 집으로 자원봉사 모집 공문을 보내는데 방역 봉사
와 도서관 봉사가 대표적이다. 아이들의 학교생활도 살짝 엿볼 수
있고, 약간의 봉사료도 받을 수 있어 시간만 괜찮으면 해봄 직하다.

　학생들 입장에서의 단점은 무엇이 있을까? 같이 공부하는 친구
들이 많지 않으니 상호작용의 기회가 적을 수밖에 없다. 특히 4학
년은 남학생만 5명이다. 또래 여자 친구와 소통할 기회가 없는 것
이다. 학년 당 반이 하나뿐이니 친구 사이 혹은 선생님과 문제가
생겼을 때 전학이 아닌 이상 피할 방법이 없겠다.

　학생들이 2~3명 결석을 하면 교과 진도를 나가기가 곤란하다.
우리 가족을 제외하고 다른 유학생들은 종종 서울에 다녀왔다. 주
말은 물론 주중에도 다녀올 때가 있는데, 선우네 반은 2명만 결석
해도 과반이 빠지는 것이라 수업을 하지 못했다. 영화를 보거나
자유 시간을 갖는 등 다른 친구들이 등교할 때까지 기다려야 했다.
한번은 선우와 단둘이 남았던 친구가 아파서 조퇴하는 바람에 오
후 수업을 선우 혼자 들어야 했던 적이 있었다. 당연히 진도를 나
가지 못하고 홀로 그림을 그리며 시간을 보냈다고 했다.

그런데도 작은 학교가 가진 이점은 여러 가지가 있다. 선생님은 도심의 20~30명 이상인 학급에 비해 관리하는 학생 수가 적으니 수업과 지도편달하기에 훨씬 쉬울 것이다. 또한 학생들과 더 친밀한 관계를 유지할 수도 있다. 학교 봉사를 하러 갔을 때 우연히 어린 여학생이 선생님이 제일 좋다며 달려들어 안기는 모습을 보았다. 30명씩 빽빽하게 들어찬 학급에 코로나까지 더한 신도시에선 선생님과 껴안는 것은 생각할 수도 없을 텐데 말이다. 학생 수가 단출하니 담임선생님뿐만 아니라 학교의 모든 선생님이 학생들에게 더 관심을 줄 수 있다.

한 반 구성원이 작으니 아이들에게 안정감을 주나 보다. 선우와 세은이는 낯가림이 조금 있는 편이다. 특히 선우는 집과 학교에서 보이는 모습의 차이가 컸다. 집에서는 수다쟁이에 춤추고 노래 부르기를 좋아하는 개구쟁이다. 그런 선우의 본래 모습은 가족과 친한 친구 몇 명밖에 모른다. 서울 학교 선생님들과 반 친구들은 다들 선우를 조용한 모범생으로만 알고 있었다. 있는 듯 없는 듯 조용히 혼자 책 읽는 그런 아이였다. 주목받는 게 부끄러워 아는 것도 손들고 발표하는 법이 없었으니 엄마로서 애가 타기도 했다. 고학년이 되면서 조금 나아지긴 했지만, 여태껏 친구와 싸워본 적도 없었다. 아마 부딪히는 게 싫어서 다 양보하고 줘버렸을 것이다. 그런 이유로 유치원 졸업식 때 받아온 '으뜸 배려상'이 마냥 기쁘지만은 않았다.

그런 선우가 월등초등학교에 와서 달라졌다. 5월 말경에 학교에서 '복사골 아이들의 성장이야기'라는 아이들의 학교생활 중간보고서 형식의 자료를 보내주었다. 거기에 '선생님이 바라본 우리 아이'란에 내 눈을 의심케 한 문구가 있었다.

"다만 수업 시간에 콧노래를 부르는 습관이 있으므로 개선하기 위한 노력이 요구됩니다."

'세은이도 아니고 선우가? 쉬는 시간도 아닌 수업 시간에?'

나중에 만나본 선생님께선 이런 말씀을 하셨다.

"어머니, 선우가 참 밝고 순수하고 친구들과도 너무 잘 어울려요. 특히 흥이 많은 것 같아요."

'아니 선우가 학교에서 흥을 다 보여줬단 말이야?' 아이가 종업식 날 학교 통지표를 받아 올 때마다 남편과 하는 얘기가 있다.

"아무래도 우리 선우가 아닌 것 같은데?"

"도대체 선우 대신 학교는 누가 다니는 걸까요?"

월등초등학교엔 선우 혼자 내려왔나 보다.

7월 중순쯤, 다음 학기 임원 선거를 위한 후보 등록이 있었다. 월등초등학교는 학생 수가 적어서 각반 회장을 뽑지 않고 6학년에서 전교 회장 1명, 5학년에서 전교 부회장 1명을 뽑는다. 전 학기말에 다음 학기 임원을 뽑는 일정이라 1학기 부회장은 선우 반의 여학생이 무투표 당선되었었다. 담임선생님이 2학기엔 1학기 부회장을 제외한 서울에서 온 남학생 3명 중 2명이 후보로 나가야 한다고 하셨다. (5학년 남학생 3명 전부 농촌 유학을 2학기까지 연장했다) 아이들은 생각지도 못했던 감투가 귀찮은지 서로 하기 싫다고 하여 가위바위보로 결정했다고 한다. 그렇게 이긴 아이 한 명을 제외하고 가위바위보에 진 선우와 또 다른 친구 하나가 억지로 부회장 후보가 되었다.

주말에 집에서 선거용 포스터를 만들던 선우가 이런 말을 했다.

"엄마, 나 그냥 부회장 할까? 처음엔 하기 싫었는데 해봐도 괜찮을 것 같아. 서울에선 절대 못 할 것 같은데, 여기선 할 수 있을 것 같아요."

"그래 해봐! 여기서 해본 경험이 있으면 나중에 서울 가서도 도전하는 게 훨씬 쉬울 거야."

포스터를 정성껏 완성한 선우는 일주일에 걸친 선거 운동 후에 2학기 부회장에 당선되었다.

"엄마, 나랑 떨어진 친구랑 둘 다 너무 좋아했어!"

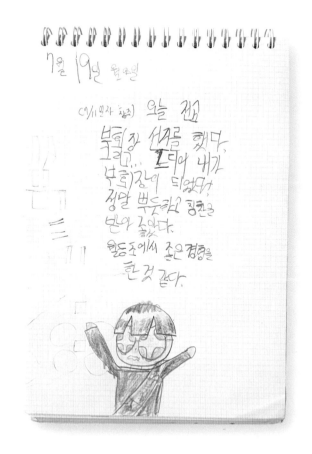

서울 학교와 다른 점

　시골 학교는 서울 학교와 차이가 크다. 우선 학생 수의 차이로 여기선 전교생이 한 공간에 있는 것이 가능하다. 학교를 처음 들어가면서부터 알 수 있다. 월등초등학교는 아이들이 주로 출입하는 현관문 안쪽에 전교생 40명의 신발장과 우산꽂이가 있다. 건물 안으로 들어오자마자 바로 실내화로 갈아 신고 우산을 꽂아놓으니, 더러운 신발로 복도를 거니는 일도, 물이 뚝뚝 떨어지는 우산으로 바닥을 적시는 일도 없다.

　급식도 식당에서 동 시간에 같이 먹는다. 서울의 학교들은 급식을 교실에 가져와서 자기 책상에 앉아 먹거나, 식당에서 시간차를 두고 먹는다. 식당이 있더라도 전교생이 한 번에 들어갈 수는 없기 때문이다. 코로나로 거리두기를 하며 앉다 보니 한 번에 먹는 학생 수는 더 줄어들었다. 대신 먹는 시간이 더 짧아질 수밖에 없다. 세은이의 서울 친구가 점심시간이 너무 짧다며 하소연했다는 얘기를 들은 적이 있다. 여기서는 먹는 속도가 느린 세은이가 뒤에 기다리는 언니 오빠들이 없어 시간에 쫓기지 않고 천천히 먹을 수 있어서 좋다.

각종 학교 행사 진행도 다 같이 할 수 있다. 도심의 학교들은 운동장이나 체육관 넓이와 비교해 학생 수가 많아 운동회조차 학년을 나누어서 하기 마련이다. 4월에 체육관에서 운동회를 개최했었다. 사실 코로나 이전에는 학교 운동회가 마을 잔치였다고 한다. 마을 사람들이 다 모여 돼지도 잡았다는데 작년부턴 어쩔 수 없이 아이들만 한다고 한다.

운동회 날 아침, 선우는 작년에 못 한 운동회라, 세은이는 처음 해보는 학교 운동회이기에 잔뜩 기대하고 갔었다. 집에 돌아온 아이들은 내가 채 물어보기도 전에 신발을 벗으면서 세상에 이런 학교가 어디 있냐고 신이 나서 앞다투어 얘기했다. 40명에 불과하지만 레크레이션 강사를 초빙해 체육관에서 신나게 경기를 하고 게임도 하고 놀았다고 한다. 이날 행사의 최고봉은 간식 파티였다고 했다. 운동회가 끝나고 반으로 돌아왔을 땐 치킨과 피자가 기다리고 있었단다. 선우는 3시에 4명이서 치킨 1마리와 피자 1판을 먹었으니 저녁은 조금밖에 못 먹겠다며 손사래를 치고 들어오며 내 휴대폰을 빌려 갔다.

"세상에 우리 학교는 운동회도 하고, 학교에서 치킨이랑 피자도 사줘!"

그날 오후 선우는 신이 나서 서울 친구들에게 전화로 자랑을 해댔다.

작은 학교는 교육청에서 받는 지원금이 상대적으로 많은 걸까? 학교에 다니면 모든 것이 무료이다. 서울에서는 방과 후 수업을 선택해서 듣는다. 비용은 일반 학원보다야 훨씬 저렴하지만, 수업료와 재료비를 내야 한다. 여기서 선우와 세은이는 방과 후 수업을 9개나 듣고 있는데 전부 무료이다. 나는 둘을 보내니 18과목의 수업료가 무료인 셈이다. 수업료를 내지 않으니 선택을 하지 않고 전교생이 다 수업을 듣는다. 이전 학교에선 인기 많은 수업은 제비뽑기나 선착순으로 등록을 할 수 있었는데 여기서는 그럴 필요가 없다.

체험학습 비용도 전부 무료이다. 서울에선 코로나 이전에 1학기에 1~2번 체험학습을 갔었다. 가더라도 교통비, 식비, 활동비 등 아이에게 소요되는 모든 비용을 보호자가 지불해야 했다. 서울뿐만이 아니라 도심의 모든 학교가 다 그렇다. 순천에서도 '동(洞)'에 있는 학교는 마찬가지이다. 반면 여기서는 이 돈도 내지 않는다. 게다가 한 달에 1~2번은 체험학습을 다니니 아이들이 얼마나 좋아하겠는가. 월등에서 아이들 학교 보내면서 돈이 들어간 적이 없다. 아이를 졸업시킨 마을 어르신이 6년 학교에 보내면서 연필 한 자루 사 줘 본 적이 없다고 하셨다.

시골 학교는 여러모로 유치원과 비슷한 구석이 있다. 사립이 아닌데도 학교 통학 버스로 등·하교를 한다. 면에 초등학교가 하나 있어 학교와 떨어져 있는 마을에선 도보로 통학이 힘들다. 대부분 학생들이 통학 버스를 이용한다. 우리 마을은 다른 마을에 비해 학교가 먼 편이 아닌데도 차로 8~10분 정도 걸린다. (신호등이 없는 한적한 시골길이라 8~10분이면 도시보다 꽤 먼 거리다) 3월 2일 첫 등교 일에 노란 버스를 타고 등교한 아이들이 다시 유치원생이 된 것 같다며 재미있어했다.

급식 이외에 유치원처럼 학교에서 간식도 준다. 아이들이 8교시 방과 후 수업까지 마치고 하교하자 5시가 다 되었다. 부랴부랴 간식을 챙겨주니 학교에서 먹고 와서 배가 고프지 않다고 했다. 12시쯤 점심을 먹으니 딱 출출할 시간인 3시 조금 넘어서 간식을 먹는단다. 농사일에 바쁜 부모님들 신경 쓰이지 않게 학교에서 다 챙겨주는 것이다. 코로나 전에는 한창 바쁠 때인 6~7월에 학교에서 저녁도 먹여 7시에 집에 보냈다고 한다. 여름 방학 중에도 매일 방과 후 수업과 돌봄 교실을 운영한다. 복숭아 따느라 눈코 뜰 새 없는 부모님들을 위한 배려이다. 유치원 종일반보다 더 세심한 돌봄이란 생각이 든다.

교실 풍경은 교탁과 책상 의 자만 있는 서울 학교와 사뭇 다 르다. 공간이 상 대적으로 넓어 교실 안에서도 구역이 나뉘어 있다. 칠판 앞쪽 으로는 교탁과
학생들 책상이 1~2줄로 자리해 있고, 중간에는 큰 책상에 모둠 수업을 할 공간이 있다. 뒤로는 책장 앞쪽으로 좌식 소파나 스툴 에 테이블이 있어 책을 보거나 보드게임 등 놀이할 수 있는 자리 가 마련되어 있다. 특히 1, 2학년 교실에서는 한 켠에 종이집이 있다. 쉬는 시간에 아이들이 종이 집에 색칠하기도 하고 들어가 오순도순 놀기도 한다.

작년에 아이들은 1주일에 1~2번 학교에 갔다. 세은이는 처음 간 학교에서 옆 친구와 말 한마디 못 하고 3시간 만에 집에 돌아와야 했다. 친구들과 노는 것은 상상도 할 수 없었다. 그래도 학교 가는 것이 좋다며 대면 수업 일만 손꼽아 기다렸었다. 그랬던 아이가 월등에 와서 신세계를 맛본 듯하다. 쉬는 시간, 특히 중간놀이 시간 20분과 점심시간에 친구들이랑 교실이나 운동장에서 노는 것이 그렇게 재미있단다. 첫날 학교에서 돌아온 세은이의 말이다.

"엄마! 학교가 이렇게 재밌는 곳인지 몰랐어! 우리 2학기도 연장해요!"

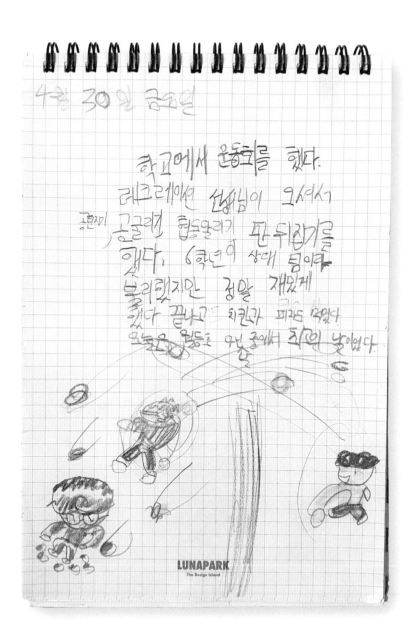

4월 30일 금요일

학교에서 운동회를 했다.
레크레이션 선생님이 오셔서
공튼게 공굴려 줄다 달리기 판 뒤집기를
했다. (학년이 상대 팀이라
불리햇지만 정말 재있게
했다 끝나고 치킨가 피자도 먹었다
오늘은 왕들등 우리 중에서 직이 났었다.

7월 6일 화요일

비가 와서 친구들과
우산으로 놀았다. 빙그르르 우산을
돌리고 팍 팍 우산을 피면서
놀았다. 우리는 내일도 하기로 했다.
내일은 정말 재미있을 것 같다.

학교 도서관 자원봉사

학기 초에 아이들이 학교 공문을 가져왔다. 학부모 대상 자원봉사 모집 공문이었다. 집에 있으니 학교에 조금이라도 도움이 될까 하여 자세히 살펴보았다. 방역 봉사는 매일 오전 4시간씩 해야 하고, 도서관 봉사는 주 2회 오후 2시간만 하면 되는 것이었다. 나는 서울에서 도서관을 정말 많이 다녔기에 도서관이 친숙하기도 하고, 학교에 어떤 책들이 있나 궁금하기도 해서 도서관 자원봉사를 신청했다. 사실 방역 봉사는 매일 오전 4시간씩 해야 하는 게 부담스러워 도서관 봉사를 지원한 것인데, 지원자가 두 명이라 하루씩 나눠서 해야 했다.

처음 학교 도서관에 간 날, 들쑥날쑥 어수선하게 꽂힌 책들과 복도 한쪽에 쌓아놓은 책들이 눈에 들어왔다. 도서관에 아무도 없었기에 담당 선생님께 전화를 드려 도착을 알렸다. 막 점심 식사를 마치신 선생님이 오셨다. 작년에는 코로나로 인하여 1년 동안

학생들에게 도서 대출을 중지했었다고 하셨다. 올해는 자원봉사 부모님도 오시니 도서 정리 후 다시 대출 서비스를 시작할 계획이시란다.

나에게 주어진 첫 번째 업무는 10년 이상 된 책을 골라내는 것이었다. 들어올 때 복도에서 보았던 책 탑이 이렇게 걸러내어진 오래된 책들이었나 보다. 한쪽 책장부터 시작하여 책의 앞장 또는 뒷장에 있는 책 정보를 뒤적거려 보며 골라내고 있자니 폐기하기 아까운 책도 제법 보였다. 수업하시다 집에 갈 시간임을 알리러 오신 선생님께 물어보았다.

"이거 좋은 책인데 꼭 버려야 할까요?"

"새로 책이 들어올 예정인데 자리가 없으니 폐기해야 합니다. 원하시면 가져가세요."

나는 신이 나서 가방에 더는 들어갈 수 없을 만큼 꾸역꾸역 책을 집어넣었다. 작은 가방을 들고 온 것을 후회하며 폐기 대상 책 중에서 여러 권을 골라 담았다.

단순 대출 업무가 아님을 인지한 나는 손바닥 코팅이 된 작업용 장갑을 사서 다음 봉사를 하러 갔다. 2주째는 책 골라내기를 끝내고 폐기할 책에 붙은 등록번호와 청구번호가 찍힌 라벨지를 떼어내는 작업을 했다. 커터 칼로 한쪽 끝을 살살 들춘 후 손으로 잡아떼어내는 것인데, 생각보다 쉽지 않았다. 특히 오른손에 힘이 많이 들어가 유난히 약한 내 손목이 걱정되기도 했다.

"학생들에게 몇 권씩 나누어 주고 남은 책들은 이틀 후 재활용 차에 실려 보낼 테니 끝나고 원하는 책 다 가져가세요."

중간에 들르신 선생님께서 말씀하셨다. 그 말에 더욱 힘을 내어 박박 뜯어내었다. 종료 시간이 되어 욕심을 내어 챙기다 보니 중간중간 몇 권 빠진 세계 문학 전집과 영어 리더스 한 질을 챙겨 차에 실을 수 있었다. 그러고도 모자라 다시 되돌아 가 서울에서 도서관 그림책 수업에서 보았던 그림책 몇 권과 선우가 좋아하는 아스트리드 린드그렌의 책, 주디 블룸의 책 등 동화책 몇 권을 더 들고나왔다. 뻐근한 손목으로 운전을 해 돌아가는 길에 콧노래가 절로 나왔다. 집에 돌아와 물티슈로 책을 한 권 한 권 깨끗이 닦아 서랍장 위에 세워 놓으니 보기만 해도 배가 불렀다.

'도서관 봉사료는 이걸로 다 했다!'

또 1주일이 지나 도서관에 갔다. 그사이에 새 책들이 많이 들어와 있었다. 담당 선생님께선 당장 오늘부터 대출 업무를 시작하라셨다. 그러나 청구번호 상관없이 여기저기 마구잡이로 꼽힌 책들은 어수선하고 찾아보기도 어려워 보였다. 나는 두 팔을 걷어붙이고 언제 끝날지 모를 책 정리를 시작했다.

먼저 한국십진분류법에 따라 분류된 책들을 같은 번호끼리 모으는 작업을 하였다. 다행히 오후에 특강이 있어 수업하지 않으신 선생님께서 도와주셔서 종료 시간은 넘겼지만 대략의 큰 분류는 마칠 수 있었다.

그다음 주부터는 각 분류 코드 안에서 번호순과 가나다순으로 정리해 보기 좋게 꽂아놓았다. 일단 압도적으로 많은 800번대 문학은 제쳐두고 2~3주에 걸쳐 000번대 총류부터 900번대 역사까지 정리를 끝냈다. 마지막 남은 800번대 문학은 정리하는데 대략 한 달 반 정도 걸린 듯하다. 항상 제시간보다 30분 이상씩 더 정리하고 갔는데도 워낙 책이 많으니 오래 걸렸다. 책으로 이미 보상을 받았기에 더 열심히 했는지도 모른다. 정리를 끝낸 도서관은 이전과 비교해서 훨씬 보기에도 좋고 찾아보기도 쉬웠다.

이제 본격적으로 아이들에게 도서관을 알릴 차례다. 점심시간에 각 반을 돌며 도서관 홍보에 나섰다. 먼저 선우와 세은이가 있는 2, 5학년 학생들을 불러와 책을 빌려보게 하였다. 다음으로 월등초등학교에서 가장 학생 수가 많은 6학년 교실로 가서 학생들을 여럿 데리고 왔다. 아이들이 책을 추천해 주길 원했는데 정리하면서 눈에 띄었던 책 위주로 골라주었다. 얼른 시간 내서 도서관에 있는 책들을 싹 훑어봐야 할 것 같다. 나는 책을 한두 권씩 빌려 돌아가는 아이들 뒤에 대고 외쳤다.

"다음 주 화요일 점심시간에 또 오세요!"

아이들에게 원하는 책을 추천해 주고 골라주는 일이 은근히 즐거웠다. 더 욕심내서 잘하고 싶었다. 나중에 좀 더 나이가 들면 작은 도서관 사서로 일하며 책도 읽고 동네 사람들에게 책을 골라주며 지내도 좋을 것 같다는 생각이 들었다.

아이들 때문에 농촌 유학을 왔지만 덩달아 나도 보람 있는 삶을 살고 있어 뿌듯하다. 내가 원하는 삶의 방향이 설정된 것 같기도 해서 미래가 더 기다려진다.

학교 방역 자원봉사

5월 말에 학교 1학년 선생님께서 전화를 주셨다. 선생님께선 월등초등학교 보건 담당 교사로 자신을 소개하셨다. 내게 6월부터 학교 방역 봉사를 해 줄 수 있는지를 물으셨다. 기존에 하시던 학부모님이 6월에 너무 바빠서 못 하신다는 것이다. 이유를 물어보니 매실 따느라 바쁘시단다. 참으로 월등스러운 이유이다. 현지 학부모님들은 모두 농사일로 바쁘시니, 딱히 하실만한 분이 없어 유학생 부모인 내게 연락을 주신 것이다. 이미 도서관 봉사를 하고 있기에 다른 유학생 어머니들보다는 좀 더 연락하기가 쉬우셨으리라. 봉사료를 주신다고는 하나 매일 아침 학교 봉사를 하는 것은 부담스러워 고사하였다.

그러나 학교와 교육청에서, 많은 혜택을 받고 있기에 마음이 불편하였다. 아무리 생각해도 서울 어머니들이 시간 내기가 더 수월할 듯은 한데 내가 하기 싫다고 다른 분들에게 떠넘길 수도 없었다. 고심 끝에 담당 선생님께 다시 전화를 드렸다. 화요일은 이미 도서관 봉사를 하고 있고(시간이 겹치지는 않으나 당시에 책 정리를 하고 있던 터라 두 가지 일을 하기에는 무리였다.), 금요일엔 하고 있는 일이 있어서 월, 수, 목 주 3회만 해도 되겠냐고 물었다. 그렇게라도 해 주시면 감사하다는 답변을 받고 6월부터 방역 봉사도 시작하게 되었다.

8시 30분까지 학교에 가야 해서 방역 봉사를 하는 날은 아이들을 통학 버스에 태우지 않고 데리고 갔다. 학교에 도착하여 맨 먼저 하는 일은 출입문에 서서 등교하는 학생들 발열 체크를 하는 것이다. 8시 55분쯤 마지막 차에서 내리는 학생들을 끝으로 본격적인 방역 작업이 시작되었다. 선생님과 통화 시, 할 일에 대한 자세한 안내를 받지 못했기에 단순히 소독약을 분사하는 것이리라 생각했었다.

그러나 내게 주어진 임무는 손목이 약한 내가 꺼리는 청소였다.

'아! 왜 마음은 약해서. 어떤 일 하는지 물어나 볼걸'

후회되었다. 교실과 복도 안팎을 쓸고 닦는 것은 미화 여사님 몫이지만, 방역 봉사자는 아이들 손이 닿는 곳을 소독 티슈 또는 물걸레로 닦아야 한다. 책상, 의자, 손잡이 등이다.

이왕 하기로 한 것이니 우리 아이들이 생활하는 공간을 열심히 닦기로 마음먹었다. 작은 학교라도 혼자서 모든 공간을 다 닦는 것은 생각보다 고되었다. 급식실 테이블과 의자는 봉사 가는 날마다 매일 닦고 다른 공간들은 최소 주 1회는 닦을 수 있도록 학생들 수업 스케줄을 보고 정리하였다. 특별 활동이 없는 날은 방과 후 교실을 소독했다. 방과 후 교실엔 피아노가 12대 있는데 피아노 건반을 일일이 닦고, 의자, 헤드셋, 뚜껑, 보면대 등도 닦아 피아노 소독을 먼저 끝냈다. 이후엔 원형 책상과 의자, 선생님 책상과 의자, 바닥 매트 등을 닦아 마무리했다. 컴퓨터실도 컴퓨터 키보드, 마우스, 본체의 전원 버튼, 헤드셋 등 여러 아이들의 손이 닿는 곳을 중점적으로 닦고 책상, 의자를 닦아 소독을 끝냈다. 도서관이나 과학실 등 다른 특별실들은 책상, 의자, 출입문과 서랍 손잡이 중심으로 소독했다. 각 반 교실은 체육이나 과학, 영어 등 특별실에서 수업하는 시간을 알아내어 비어 있는 교실에 들어가 아이들의 책상과 의자, 사물함 손잡이, 다 함께 사용하는 연필깎이, 칫솔 살균기 손잡이 등을 중점적으로 닦아내었다.

방역 봉사의 일이 고단하기도 하지만 얻는 것도 많다. 우선 맛있는 학교 급식을 먹을 수 있다. 봉사가 끝나면 교직원 점심시간인데 급식을 먹고 가길 권하셨다. 물론 정산은 한다. 선우, 세은이는 월등초등학교에 와서 좋은 것 중 하나로 급식을 꼽는다. 반찬 가짓수가 많고, 양도 많고, 맛도 있다며 엄지손가락을 치켜들던 급식을 드디어 먹어보게 되었다.

첫날 식판 한 칸에 반찬 한 가지씩 담던 나는 당황했다. 자리는 없는데 반찬은 아직도 몇 가지나 남았다. 반찬을 한쪽으로 밀고 새로운 반찬을 옆에 얹고 과일은 밥 한편에 놓았다. 원래 먹는 걸 좋아하는 편이라 양껏 담아 맛있게 다 먹으니 옆 선생님께서 한 말씀 하셨다.

"일이 고됐나 보네요."

학교에 자주 가다 보니 선생님들과 아이들의 학교생활에 대해 간단히 얘기 나눌 기회가 있다. 선우, 세은이 담임선생님과도 종종 이야기를 나누지만, 방과 후 수업 선생님, 조리사 선생님, 돌봄 선생님 등 우리 아이들을 지켜보고 가르쳐 주시는 여러 선생님이 선우, 세은이에 대해 말씀을 해 주시곤 한다.

6월 어느 날 학교에서 작은 음악회를 했었다. 클라리넷, 기타 등 악기 연주자들과 성악가들이 오셔서 아이들을 위한 공연을 해 주셨다. 그날 오후 세은이가 흥분해 집에 들어오며 문화상품권을 꺼내 보였다. 음악회가 끝난 후 퀴즈를 내어 맞힌 학생들에게 상품으로 문화상품권 한 장씩을 주었단다. 세은이는 마지막 문제를 맞히어 한 장을 받아왔다. 문제는 '베토벤은 교향곡을 몇 곡 작곡했을까?'였는데 세은이가 손을 번쩍 들어 9개라고 대답해 맞췄다고 했다.

"엄마, 전에 베토벤 교향곡 9번 들으면서 엄마가 마지막 교향곡(10번은 스케치 위주의 미완성곡이라 아이에게 9번이 마지막이라고 했었다.)이라고 했던 게 생각나서 내가 9개라고 했어."

다음날 학교에 가니 세은이 담임선생님을 비롯하여 행사를 주관하신 교감 선생님, 급식실 조리사 선생님까지 나를 보면 전날 음악회에서 세은이의 활약을 추켜세우셨다.

"어머니, 언니 오빠들도 모르는 데 문제가 나가자마자 세은이가 손을 번쩍 들어 다들 놀랐어요."

"어머니, 세은이가 정말 똑똑해요. 2학년이 베토벤 교향곡이 몇 개인지 어떻게 알았을까요?"

"어머니, 세은이 정말 대단했었어요. 음악을 많이 듣나 봐요?"

2학기 임원 선거가 끝난 후엔 여러 선생님께 축하 인사도 많이 받았었다.

"어머니, 선우가 부회장이 되었네요. 축하드려요."

지금은 특수한 팬데믹 상황이라 학교 봉사 활동으로 받는 혜택이 또 하나 있다. 바로 코로나 백신 접종이다. 교직원, 학교 돌봄 인력 접종 대상에 나도 포함해 주셨다. 발열 체크를 하고, 도서관 책도 대여해 주는 등 학생들과 매번 접촉하게 되는 자리에 있어서이다.

종종 서울 지인들이 연락해온다.

"애들도 늦게 오고 시골에서 종일 뭐해? 심심하지 않아?"

"나 바빠! 학교서 일해야지, 밭도 매야지, 글도 써야지, 심심할 틈이 없어!"

다행히 나의 손목도 말썽을 일으키지 않았다. 예전 같았으면 병원에서 매일 물리치료를 받아야 할 정도의 노동을 여기서 하고 있는데도 괜찮다. 고마우면서도 이상한 일이다. 시골의 따가운 햇살에 비타민D 합성이 많이 되어서일까? 아니면 텃밭의 호미질로 단련이 된 덕분일까?

학교에서 노는 법

　코로나 시국, 시골 학교가 서울 학교보다 좋은 점 중 하나가 학교에서 놀 수 있다는 것이다. 작년 한 해는 교실에서 친구들과 얘기를 나눌 수도 없었고, 운동장에서 뛰어노는 것도 금지되었다. 그러나 월등초등학교에선 다양한 놀이가 가능하다. 학생들은 주로 중간놀이 20분과 점심시간에 친구들과 어울려 논다. 친구들뿐만 아니라 학년 구분 없이 다 같이 어우러져 놀이나 운동을 한다.

　체육관을 상시 개방하지만 안전하고 여유 있게 놀게 하려고 학년별로 중간놀이와 점심시간에 주 2회 이용 가능한 요일을 정해 놓았다. 1·2학년은 화, 목요일, 3학년은 월, 목요일, 4학년은 월, 금요일, 5·6학년은 수, 금요일이다. 학생들은 체육관 이용일엔 항상 체육관으로 달려간다. 비치되어있는 공과 라켓으로 피구, 배구, 배드민턴 등을 신나게 땀 흘리며 함께 즐기면 스트레스가 확 풀리나 보다.

물론 간혹 하고 싶은 놀이가 일치하지 않을 때는 의견 충돌이 생기기 마련이다. 특히 저학년이 그렇다. 그러나 의견을 모으고 순서를 정해서 속상한 친구의 마음을 풀어주는 등 선생님이나 어른들 개입 없이도 아이들끼리 놀이를 통해서 해결 방안을 찾는다. 놀이는 단지 재미 추구를 떠나서 창의력 발달뿐만 아니라 사회성 발달에도 큰 도움을 주는 것이다.

　학교 뒤뜰 한쪽에는 인라인스케이트와 보드, 외발자전거를 탈 수 있는 공간이 있다. 근처에 장비를 대여할 수 있는 '체육기구실'이  있어 언제든지 학교에서 빌려 즐길 수 있다. '대여'라고는 하지만 지키는 사람도 없고 장부도 없다. 오로지 아이들의 자율에 맡겨 운영된다. 창고 안에는 인라인스케이트가 벽면 한가득 놓여

있다. 대략 봐도 인당 한 켤레씩은 돌아갈 만큼 넉넉해 보인다. 헬멧과 무릎·팔꿈치·손목 보호대도 전부 갖추어져 있다. 반대쪽에는 위·아래 두 줄로 외발자전거와 에스보드가 걸려 있다. 외발자전거는 배우지 않으면 타기가 힘들어 보이는데 예전에는 수업도 했었다고 한다.

선우는 체육관에 가지 않는 날은 주로 교실 안에서 논다고 한다. 함께 보드게임을 하거나 교실 한쪽에 있는 빈백 소파에 기대앉아 좋아하는 만화, 게임 이야기 등을 하며 시간을 보낸다. 간혹 교실에서 축구를 하기도 한단다. 교실이 도시보다 상대적으로 넓으니 가능한 이야기다.

세은이는 밖에서 놀 때는 놀이터에서 놀거나 '술래잡기', '무궁화 꽃이 피었습니다' 등을 하고 논다. 운동장은 너무 뙤약볕이라 그늘이 드리우는 뒤뜰에서 주로 노는데, 요즘에 뒤뜰에서 가장 많이 하는 놀이는 일명 '경도'라 부르는 '경찰과 도둑' 놀이란다. 술래잡기와 비슷하지만 다른 점은 경찰이 두 명이고, 잡히지 않은 도둑이 잡힌 도둑을 풀어줄 수 있다고 한다.

세은이네 반에는 그림 그리기를 좋아하는 친구들이 많이 있다. 전형적인 개구쟁이 남학생 둘은 항상 밖으로 나가지만, 다른 친구들은 교실 안에서 함께 모여 그림을 그리고 놀 때도 많단다. 각자 자기 자리에 앉아서 그리는 것이 아니라 다 함께 한 친구의 책상 또는 모둠 테이블에 앉아 하나의 종이에 같이 그린다. 말 그대로 함께 '그림 그리고 노는 것'이다.

한동안 세은이는 두꺼운 종합장을 매일 들고 다녔었다. 여자 친구들과 그림 그리기 좋아하는 남자친구 한 명이 같이 만화를 그리고 있다고 했다. 각자 자기의 캐릭터를 만들어 놓고 함께 스토리를 짜고 종이를 분할 해서 만화를 그렸다. 방역 봉사를 하다 중간놀이 시간에 잠깐 2학년 교실에 들른 적이 있었는데 서로 머리를 맞대고 그리고 있는 모습이 너무 사랑스러웠다. 코로나로 책상에 삼면 투명 칸막이가 설치된 도시 학교에서는 볼 수 없는 모습이었다.

세은이는 어느 날 주말에 친척 언니네 놀러 가서 캐릭터 종이 인형을 만들었다. 같이 만화 그리고 노는 친구들 4명에게 선물하겠다고 기본 몸과 머리, 옷 한 세트씩을 만들어왔다. 월요일 학교에서 세은이의 선물을 받은 친구들은 너무 좋아하며 만화 그리기를 멈추고 다 함께 종이 인형 만들기 삼매경에 빠졌다고 한다. 이 외에도 종이접기를 하거나 종이집 안에 들어가서 노는 등 매일매일 학교 가는 날이 즐거운 세은이다.

여름 방학을 한 주 정도 앞두고 학교에서 물총과 수건, 여벌옷

을 준비해 오라고 했다. 예상되는 시나리오에 아이들은 한껏 들떠 장비를 챙겨 학교에 갔다. 그날 3~4교시 학교 운동장엔 6학년만 빼고(왜 빠졌는지 잘 모르겠다. 수업하거나 아님 젖는 게 싫었을 수도…) 다 같이 모여 물총놀이를 했단다. 더운 여름날 시원한 물줄기를 맞아가며 소리 지르고 친구들 쫓아다니는 것이 얼마나 재미있는지 모른다. 더군다나 학교에서 수업 시간에 말이다. 이때 서울은 사회적 거리두기가 4단계(전남은 2단계)로 격상되어 학교에 가지 못했다. 그날 학교에서 돌아온 세은이는 저녁 식사 시간에 자신의 바람을 조심스레 얘기했다.

"엄마, 내가 생각해 봤는데 우리 서울 가지 말고 그냥 여기서 계속 살면 어떨까?"

"아빠는 어떡하고?"

"아빠는 회사 그만두고 여기서 다른 회사 다니면 되잖아! 근데 여기 집은 아빠랑 살기엔 좁으니까 더 큰 집으로 이사 가서 여기서 살자. 제발~~."

속 모르는 철부지 2학년이다.

7월 21일 쉬는날

학교에서 물총놀이를 했다.
먼저 장전을 하고 사진을
찍었다. 그리고 신나게 놀았다.

철퍽 철퍽 맞고   쏴쏴
쏘기도 했다. 정말
재미있었다.

LUNAPARK
The Design Island

학교 특별 활동

월등초등학교에선 도시와 다른 특별 수업이 많이 있다. 가장 다른 점은 9개나 되는 방과 후 수업을 전액 무료로 전교생이 받는 것이다. 우리 학교 방과 후 수업에는 배드민턴, 사물놀이, 컴퓨터, 중국어, 피아노, 스포츠댄스, 영어, 한자, 드론이 있다. 드론 수업에서는 로봇과 코딩도 함께 다루고 있어 체육, 음악, 학습, 컴퓨터 등 다방면으로 고루 수업받는다. 정규 수업은 학년마다 이루어지지만, 학생 수가 적은 관계로 방과 후 수업을 비롯한 특별 수업은 보통 2개 학년이 같이 받는다.

7월 둘째 주에 방과 후 교실 공개 수업이 있었다. 그중 1~2학년 스포츠댄스 수업이 가장 기억에 남는다. 다른 친구들은 1학년부터 배웠을 텐데 올해 처음 배우는 세은이가 거울 맨 앞줄에 서서 춤을 췄다. 파트너가 1학년 남학생이라 리드가 제대로 안 되는 상황에도 혼자 알아서 너무 잘하는 것이었다. 이런 기회가 아니었으면 세은이가 댄스에 재능이 있는지도 몰랐을 것이다. 룸바, 차차차, 자이브를 췄는데 보는 내내 '서울 가서도 계속 시킬까?' 하는 생각이 들 정도로 도치맘 마음이 흥분되었다. 10월 말 학예발표회 때 스포츠댄스를 비롯한 여러 가지 공연을 한다는데 기대가 된다.

학기 초에 아이들이 학교에서 '순천시 학생승마 지원사업' 공문을 가져왔었다. 승마인 육성의 일환으로 순천시에서 학생 1인당 21만 원의 경비를 지원해주는 사업이다. 기승자 보험료를 포함하여 9.6만 원만 추가로 내면 승마장에서 10회의 승마 수업을 받을 수 있다. 재작년 여름휴가 때 갔던 강원도의 한 동물농장에서 1회 수업료보다 더 비싼 비용으로 10분의 짧은 승마체험을 했었다. 아이들은 그때의 기억으로 승마 수업에 더 없는 열의를 보였다. 순천에는 두 곳의 승마장이 있는데 우리 아이들이 수업받았던 '국제 승마장'은 차로 25분 거리에 있었다. 총 10회의 수업 중 1회는 이론 수업이고 10회째는 '포니3급 기승능력인증 평가'로 이루어졌다. 3번째 수업부터는 혼자 고삐를 잡고 말을 타게 됐는데 아이들은 무서워하면서도 침착하게 잘 탔다. 수업이 모두 끝난 후 선우는 '포니3급' 인증 평가를 통과했고, 세은이는 아직 어리다고 생각되어 시험을 치르지 않았다. 서울 가서도 승마는 계속하고 싶다는데 비용과 거리가 여기와 비교가 되질 않으니 걱정이다.

"하고 싶은 걸 다 하고 살 수는 없단다. 애들아!"

서울뿐만 아니라 대부분 학교에선 작년부터 체험학습과 수련회, 수학여행 등의 활동을 일절 하지 않는다. 반면 월등초등학교를 비롯한 소규모의 시골 학교들은 사회적 거리두기 2단계 이하일 때 동일 권역에서는 교외 활동이 가능하다. 월등초등학교만의 자랑인 복숭아 생태체험 외에도 우리 학교는 1달에 1번 이상 체험학습을 다녔다. 4월 '봉두산 태안사'를 시작으로 7월 항매실마을 체험학습까지 1학기에 총 5번의 체험학습을 다녀왔다. '태안사' 체험학습은 어릴 적 내가 갔던 학교 소풍 같았다. 저학년은 태안사에서 보내고 고학년은 봉두산에 올랐다가 도시락(학교에서 김밥을 준비해 주셨다)을 먹고 고사리도 따고 다시 태안사로 내려왔다고 한다.

태안사 앞마당에서 옛날 우리가 소풍 가서 했던 보물찾기, 수건 돌리기, 학년 대항 줄넘기 등 레크레이션을 하고 학교로 돌아왔다. 서울에선 코로나 이전에 1학기에 1번 가는 체험학습을 보통 체험관이나 테마파크 등으로 가니 도시락 쌀 일도 없고 야외 놀이도 하지 않는다. 체험관의 식당을 이용하고 정해진 프로그램을 수행하다 오는 것이다. 이곳에서 아이들 첫 체험학습으로 '소풍'을 다녀와서 엄마인 내가 더 신나나 옛날 내 학창시절 이야기를 술술 풀어냈다.

"엄마가 그때 수건돌리기를 하다가 딱 걸렸는데 말이야……."

5월에 구례 자연드림파크에서 피자 만들기 체험을 했다. 선우, 세은이가 각각 1판씩 만들어 왔는데 자연 치즈가 듬뿍 들어간 수제 피자라 맛이 더욱 좋았다. 6월에는 여수 유월드 루지 테마파크에 갔다. 루지를 비롯해서 놀이기구도 마음껏 타고 간식으로 츄러스도 하나씩 사주셨단다. 신이 난 아이들은 다음에 아빠 오시면 꼭 다시 가자고 약속했다.

6월엔 체험학습이 한 번 더 있었다. 광양 도선국사 마을에 가서 예쁜 크로스백에 천연 염색을 하고 맷돌에 콩을 갈아 손두부를 만들어 왔다. 염색 체험을 미리 인지하지 못하고 입혀 보낸 흰 티셔츠가 엉망이 되어 왔지만, 전통방식으로  만든 따뜻한 손 두부는 정말 고소하고 맛있었다. 그날 저녁 볶음 김치를 만들어 두부와 함께 먹으니 아이들 둘 다 2그릇씩 밥을 싹 싹 비웠다. 그밖에 선우를 비롯한 5~6학년은 고흥 나로도학생수 련장으로 1박 2일 수련회를 다녀왔다. 개인 물품 외에 필요한 모 든 준비물은 학교에서 준비해 주셨다. 심지어 밤에 야식으로 3명 이 묵는 방에 치킨 한 마리씩 넣어줬다고 하니 애들이 학교를 좋 아하는 건 당연한 일이다.

7월에는 마지막으로 월등에 있는 향매실마을에서 모기 기피제 와 수제 비누를 만들어 왔다. 모기 기피제는 여름과 초가을 밖에 서 뛰어노는 아이들에게 요긴하게 사용 중이다. 비누는 물러질까 염려되어 추위가 오기를 기다리며 욕실 장에서 대기 중이다. 아마 모기 기피제를 다 써야 비누 차례가 올 것 같다.

　복숭아 재배 외에도 월등초등학교만의 특색 있는 수업은 또 있다. 바로 영화 수업이다. 1주일에 2시간씩 영화 수업이 배정되어 있다. 아이들이 역할을 나누어 감독, 조감독, 촬영감독, 배우를 맡아 영화를 직접 만든다. 세은이는 1~2학년이 찍고 있는 좀비 영화에서 감독을, 선우는 뮤직비디오를 찍고 있는 5~6학년 영화에서 배우를 맡아 열연 중이다.
　이 외에도 4~5학년의 발명 교실, 텃밭 가꾸기를 배우는 '도시 농부 이화', 음악 선생님께 배우는 '우쿨렐레' 등 차별화된 수업이 있어 학교를 즐겁게 다닐 수 있다.

4월 7일 수요일

오늘 승마장 에서 수업을
했다. 그런데 말이 너무
귀여웠다. 한번해서 이제
여덟번 남았다. 말도 타보고
닭도 좀 보고 고양이도 좀
있었다. 아주 재미 있었다.

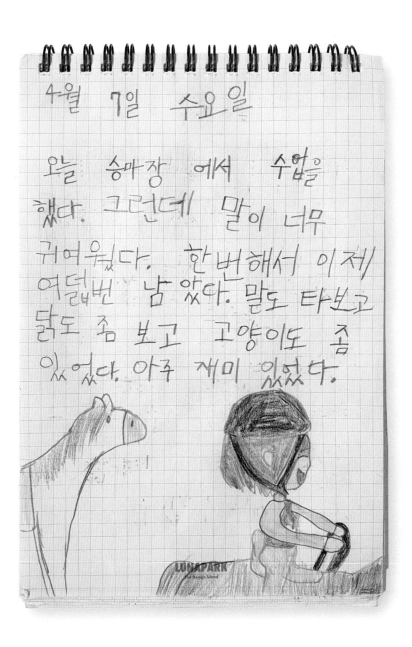

4월 15일 목요일

등산

점심

윷놀이

놀이

학교에서 태안사로 체험학습을 갔다. 먼저 도략을 받고 봉두산에 등산을 했다. 약 2.3km을 걸었는데 꽤 힘들었다. 산에서 고라니 따왔다. 그리고 산에서 도시락과 간식을 먹었다. 다시 태안사로 내려와서 올챙이도 잡았다. 그리고 태안사 앞 마당에서 보물찾기, 학년 대 학년 줄넘기도 했다. 줄넘기를 우리 5학년이 이겨서 기뻤다. 있다가 버스를 타고 학교 돌아왔다. 서울에서는 꿈도 못 꾸던 체험학습을 가서 좋았다.

LUNAPARK
The Design Island

112

인터뷰와 유학 생활 기록하기

　요즘 아이들은 연예인이 꿈인 친구들이 많지만, 나는 우리 아이들만큼은 그러지 않길 바랐다. 연예인뿐만 아니라 매스컴에 나오는 직업 자체가 꺼려졌다. 아이들 돌잔치 때 돌잡이 물건들이 놓여있는 쟁반에서 마이크를 미리 빼버리기도 했었다. 얼굴이 알려지면 매사에 조심해야 하고 자유롭지 못할 것 같다는 생각에서였다. 나도 안다. 요즘 시대가 어떤 시대인데 이런 구닥다리 사고를 하는지. 그런데 농촌 유학을 와서 1학기를 지내는 동안 나와 아이들은 정기 간행물, 다큐멘터리, TV, 유튜브에까지 나와 버렸다.

　3월 10일, 첫 타자는 서울시교육청 월간지인 '지금서울교육'과의 인터뷰였다. 먼저 나에게 농촌유학을 어떻게 오게 되었는지, 학습에 관한 고민은 없는지 등을 물었고, 아이들에게는 유학 와서 좋은지, 무얼 하며 노는지 등을 물었다. 이 인터뷰 기사는 '지금서울

교육' 4월호와 홈페이지에 실렸다. (https://now.sen.go.kr/?p=8255)

4월에는 2주에 걸쳐서 '수원대학교 미디어커뮤니케이션학과' 학생들의 졸업 작품 '백투더 베이직' 촬영이 있었다. 복잡한 도시를 떠나 '농촌유학'을 선택한 월등초등학교 5학년 유학생 3명이 주인공인 다큐멘터리이다. 학교생활 모습도 찍었지만 마을에서 지내는 모습과 어머니들 인터뷰가 있었기에 나와 우리 집도 촬영이 되었다. 이 작품은 부모님들 동의를 얻어 7월에 KBS1 '열린채널' 프로그램에서 방영되기도 했다.

한 번은 어렵지만 두 번, 세 번은 쉽다고 했던가? 5월 26일에는 kbc광주방송의 '알리오남도' 촬영이 있었다. 2학기 농촌유학 모집을 위한 5회짜리 홍보영상을 촬영하여 TV에 방영하였는데 그 중 1, 2회가 월등초등학교 편으로 우리 가족을 중심으로 촬영하였다. 먼저 학교에서는 선우를 비롯한 5학년을 중심으로 촬영을 마치고 오후에 나와의 인터뷰를 위해 우리 집에 방문하셨다. 앞선 인터뷰와 비슷한 내용의 질문과 답변이 오간 후, 아이들의 하교하는 모

습, 집에서 일상생활 모습, 마을
에서 노는 모습 등을 카메라에
담으셨다. 이후 마을 유학생 아
이들이 승마 수업을 위해 승마
장에 갈 때도 동행하여 교육받
는 모습을 드론까지 이용하여
찍어 가셨다. 6월 30일부터 시작
되는 2학기 모집을 앞두고 21일
과 28일에 1, 2회가 TV에서 방
송된 이후, 유튜브 kbc광주방송
채널에도 올라왔다.

이 외에도 선우는 반 친구네
가족 중심으로 진행된 BBC월드 인터뷰에도 잠깐 나오고, '구유골
유학 마을 이야기' 유튜브 영상에도 등장했다. 여름 방학 때 우리
가족은 서울신문 최종필 기자님과 전화 인터뷰도 한 번 더 했었다.
"학교 가고, 마음껏 놀며 체험, 신나요"라는 제목의 기사를 각 포
털사이트에서 찾아볼 수 있다.

서울을 떠나기 전, 월등에서의 삶은 서울에서 살던 때와는 확연

히 달라질 것이기에 이곳 생활을 기록으로 남기면 좋겠다는 생각이 들었다. 아이들과도 생각을 공유하여 선우와 세은이는 노트 한 권씩을 들고 월등으로 향했다. 학교 숙제가 아니니 자유 형식으로 마음껏 기록하고 표현해보라 하였다. 아이들은 표지에 일기가 아닌 '선우의 유학 일지!^^', '세은이의 농촌 생활'이라는 제목을 붙였다. 그림 그리는 것을 좋아하는 아이들은 주로 그림일기의 형태로 농촌 생활 일지를 작성 중인데 때로는 만화로, 때로는 시로, 가끔 귀찮을 때는 글만 써서 기록하기도 한다. 나는 종종 사진을 찍어 순간순간을 기록하였다. 그런데 시간이 흐르고 사진이 쌓이면 나중에 사진만 보아선 그 당시의 내 마음이 어떠하였는지, 이 사진을 어떻게 찍게 되었는지 헷갈리거나 알 수 없겠다는 생각이 들었다. 내가 농촌 유학 생활의 소중한 경험을 글로 남기게 된 이유이다.

각종 매스컴과의 촬영도 기록의 한 방법으로 생각하니 마음이 편하다. 나와 아이들의 글뿐만 아니라 영상과 기사로도 유학 중이던 우리를 추억할 수 있으니 오히려 고마운 일이다. '알리오남도' 방송분에 세은이의 일지가 아이의 목소리와 함께 애니메이션 형태로 편집되어 나왔었다. 그걸 처음 보던 세은이의 희열에 찬 얼굴을 잊지 못하겠다.

'그래, 너네 좋으면 됐다!'

4월16일 금요일   「배투더 베이직」

"수원대학교   오늘 마지막으로
신문방송학과   수원대학교 누나들이
누나들이   왜서 인터뷰를 했다.
졸업작품으로   중중 NG도 조금 나긴
우리의 농촌생활   햇지만 모두 다 잘
다큐멘터리를   끝냈다 더 찍고 싶었는데
제작 중이다"   아쉬웠고 다 만든
                       방송도 보고 싶다.

LUNAPARK
The Design Island

4월 17일 토요일

오늘밤에 별이 많이
있다. 북두칠성도 보고
달도 예뻤다. 나도
오빠처럼 별자리를
많이 알면 좋겠다.
달은 손톱처럼 생겨서 예뻤다.

4장
우리 가족의 시골살이

그 외에도 밖에서 놀거리는 무궁무진하다. 전통적인 술래잡기나 '무궁화꽃이 피었습니다'부터 신발 던지기, 경찰과 도둑, 마피아 게임, 지렁이 잡기까지. 비만 안 오면 하교 후 가방을 벗어 던져놓고 매일같이 나가서 뛰어 놀았다. 아무 이유 없이 우르르 뛰어다니기만 할 때도 있었다. 가끔은 이슬비를 맞아가며 놀기도 한다.

장난감 없이 노는 법

　우리가 월등에서 사는 집은 농막 형태의 작은 복층 원룸이다. 집이 작으니 짐을 최소한으로 꾸려 내려왔다. 옷과 이불, 수저 4벌 등 기본 살림살이만 챙겨도 한 차 가득이었다. 책은 도서관에서 빌려 읽을 요량으로 가장 좋아하는 책 2권만 챙겨 교과서와 함께 책가방에 넣어 왔다. 아이들 발밑까지 들어찬 짐에 장난감이 차지할 자리는 없어 보였다. 아이들이 챙긴 장난감은 선우의 손바닥보다 작은 자동차 2개, 세은이의 마론 인형 3개가 전부였다.

　'장난감이 너무 없어서 심심하다고 하면 어떡하지?'

　쓸데없는 걱정이었다. 1학기를 지내면서 세은이는 3~4번, 선우는 딱 1번 가져온 장난감을 가지고 놀았다. 그것도 비 오는 날에.

　월등으로 들어온 첫날, 아이들은 마을 탐색에 나섰다. 같이 이사 온 옆집 아이들과 이리저리 두리번두리번 놀거리와 놀 장소를 찾아 나선 것이다. 남편과 나는 짐 정리하느라 바쁜데 아이들이 귀찮게 하지 않고 나가서 놀아주니 고마울 따름이었다. 밖에는 아이들이 우루루 뛰어다니는 소리가 들렸다. 그러다 "탁! 탁! 캉!" 하는 소리가 들려 창문으로 내다보니 아이들 손에 긴 대나무 막대기가 하나씩 들려있었다. 금세 친해진 동갑내기 친구와 칼싸움을 하는지 대나무 작대기를 부딪치고 있는 선우가 보였다.

"선우야! 그러다 다쳐! 조심해!"

잠시 문을 열고 선우에게 주의 주었다. 아파트에 살 때는 창으로 아이들 노는 모습을 지켜보거나 아이들에게 말을 전하기가 쉽지 않은데, 이것 또한 신선한 재미였다. 어릴 적 밖에 나가 놀던 우리에게 "들어와서 밥 먹어라!" 하는 엄마의 목소리가 들려온 듯했다.

대나무 작대기는 아이들에게 칼이 되어 주었고, 때로는 깃대가 되어 주었으며, 허수아비가 되어 준 적도 있다. 가끔은 집 밑에 깊숙이 들어간 빗자루나 플라스틱 바가지를 꺼낼 때 쓰기도 한다. 종종 전투 놀이를 하는 아이들은 신기하게도 단 한 번도 다친 적이 없다. 처음에는 "탕! 캉!" 소리가 들릴 때마다 문을 열고 주의 주었는데 알아서 잘 노니 나중에는 그런 잔소리도 하지 않게 되었다. 한 번은 옆 동네 한옥 민박에 사는 친구가 놀러와 5학년 남자

아이들 셋이 몰려다니며 놀았다. 놀다가 잠깐 집에 들어온 선우가 스케치북과 그림 도구를 꺼내더니 그림을 그렸다.

"선우야 그만 놀 거야? 친구들은 아직 있는데?"

"아니 엄마, 깃발만 그려서 나갈 거야."

"깃발이라니?"

"응. 우리 모동모 깃발!"

그 그림은 조금 전에 칼이었던 대나무에 붙여져 깃발이 되었다. 입김이 나오는 3월 꽃샘추위 속에도 아이들은 땀에 흠뻑 젖도록 깃발을 들고 뛰어다녔다.

어느 날 선우의 대나무가 두 동강이 났다. 잠시 속상해하더니 선우와 세은이는 비닐장갑과 테이프를 들고 나가 대나무를 십자로 붙여서 허수아비로 만들어 집 앞에 꽂아 놓았다. 그렇게 대나무는 생을 다할 때까지 아이들에게 재미있는 장난감이 되어 주었다.

두 아이가 숲 유치원에 다니면서 받았던 잠자리채와 채집통이 여러 개가 있었다. 매년 새로 받았으니 낡아 버린 것 말고도 3~4개는 남아서 가지고 내려왔다. 잠자리채는 물속에서나 물 밖에서 전천후로 쓰였다. 물속에서는 개구리, 올챙이, 물고기를 잡는 데 썼고, 밖에서는 나비, 잠자리를 비롯한 곤충 채집에 사용했다. 월등초에서 받은 대왕 잠자리채로는 물놀이할 때 공을 건지기도 했다.

어른들에게 곤충은 시끄러운 소리를 내는 동물 내지는 벌레의 한 종류로 여겨질 뿐일 것이다. 그러나 아이들에게 곤충은 탐구 대상이자 놀잇감이다. 때론 반려동물이 되기도 한다. 서울에서는 밖에서 곤충을 잡아봤자 개미, 잠자리, 매미 정도였는데, 시골에서는 여러 종류의 곤충을 잡을 수 있다. 아이들이 지금껏 학교와 마을에서 잡은 곤충에는 개미, 나비, 잠자리 이외에도 왕거미, 왕사마귀, 사슴벌레, 장수풍뎅이, 메뚜기, 귀뚜라미, 여치 등이 있다. 선우는 곤충을 잡으면 채집통에 넣어 키우며 관찰하곤 했다. 정확한

생김새, 나는 모습, 먹이 잡아먹는 모습들을 주의 깊게 살펴보고 가끔은 잡은 곤충을 또 다른 곤충의 먹이로 넣어주기도 했다. 눈으로, 손으로, 귀로 느끼며 머릿속에 곤충도감을 새기는 것이다.

한번은 할머니 밭에서 따온 콩을 까다가 달팽이 네 마리를 발견했다. 세은이가 신이 나서 키우겠

다고 딸기 바가지에 물 축인 잎사귀를 넣어주고 달팽이를 놓아두었다. 마당에서 한참을 만지고 살펴보다 몇 시간 나가 놀다 온 사이 한 마리가 도망가 버렸다. 속상한 세은이가 얼마나 울었는지 모른다. 다행히 할머니가 두 마리나 더 찾아 주셔서 총 다섯 마리가 되었다. 도망 못 가게 집 안으로 데리고 오겠다는 아이에게 집에 갇혀있으면 불쌍하니 친구들에게 보내주자고 어르고 달래서 결국 세은이가 직접 밭에 놓아주었다.

"달팽아! 잘 가~ 가서 친구들이랑 재밌게 살아!"

그 외에도 밖에서 놀거리는 무궁무진하다. 전통적인 술래잡기나 '무궁화꽃이 피었습니다'부터 신발 던지기, 경찰과 도둑, 마피아 게임, 지렁이 잡기까지. 비만 안 오면 하교 후 가방을 벗어 던져놓고 매일같이 나가서 뛰어 놀았다. 아무 이유 없이 우르르 뛰어다니기만 할 때도 있었다. 가끔은 이슬비를 맞아가며 놀기도 한다.

더울 때는 옆집 친구와 그림을 그리고 놀았다. 한참 '포켓몬스터'에 빠져있는 아이들은 한동안 포켓몬 그림을 그려댔다. 서로 좋아하는 포켓몬을 그려 선물로 주기도 하고 고맙다고 독서 쿠폰 한 장을 답례로 주기도 하는 순박한 시골 5학년 남학생들이다.

본격적인 무더위가 찾아와서는 매일 물놀이를 했다. 수영복이 마르기가 무섭게 다시 입곤 했었다.

문제는 장마철이었다. 가끔 비가 올 때는 하루 정도 쉬어가는 날이었지만 매일같이 오는 비는 아이들을 무료하게 만들었다. 가져온 장난감으로 하루를 버티고, 그림을 그리며 하루를 버티던 아이들은 스스로 보드게임을 만들었다. 스케치북에 게임판을 그리고 말(우리 가족 얼굴로 만들었다)을 그려 오린 후, 룰렛 판도 만들고 심지어는 주사위, 말 보관함까지 만들었다. 이 모든 것을 스케치북, 가위, 테이프, 연필과 색연필로 둘이 뚝딱 만들어냈다. 그렇게 만들면서 하루를 보내고, 다음날은 보드게임을 하며 보내니 장마에도 심심할 틈이 없었다.

창의력을 키우는데 다른 학습이 필요할까? 이렇게 장난감을 만들어 놓고, 놀거리를 생각해서 노는 것이야말로 창의적인 인재로 자라날 수 있는 밑거름이 된다고 생각된다. 공산품으로 만들어진 장난감은 창의성을 키우기가 어렵다. 대표적인 블록 장난감인 '레고'도 설명서대로 따라 조립한다. 내가 생각해서 만들어 볼 틈을 주지 않는다. 물론 그래서 나는 설명서가 없고 완성된 모양이 없는 '클래식 브릭스(Lego Classic Bricks Plates)'만 사주었었다.

이렇게 놀며 하루를 보내니 아이들이 유튜브, 게임 할 시간이 별로 없다. 작년에 그 문제로 스트레스가 많았던 나는 너무 행복하다. 놀다가 공부는 안 해도 되지만, 9시 30분~10시 사이에 자는 것은 특별한 일이 없으면 지키자고 약속했었다. 봄, 여름엔 해가 길어서 7시~7시 30분까지 놀다 들어왔다. 두 아이가 씻고 밥 먹고 일기 쓰고 나면 보통 9시가 넘었다. 열심히 놀았으니 배고파 밥을 잘 먹고, 피곤해 쓰러져 잠도 잘 잔다. 아이들이 잘 놀고 잘 먹고 잘 자는 것! 부모가 느끼는 최고의 행복이 아닐까?

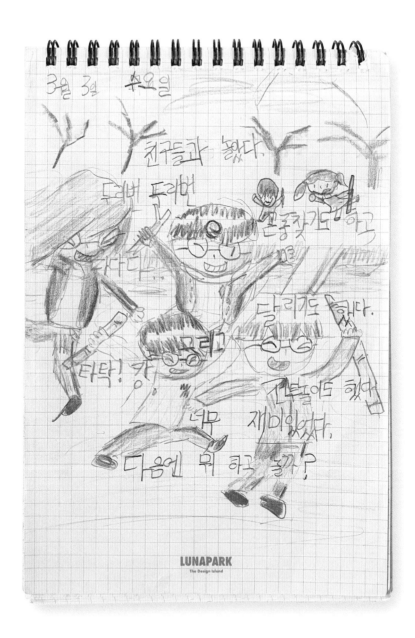

5월 19일 수요일

할머니 집에서 친척 언니와
완두콩을 따고 있었다.
그런데 갑자기 달팽일
발견 했다 오빠도 발견했다.
그 뒤로 할머니도 발견했다.
4마리 없는데 5마리로 바꼈다.
내가 발견한게 가장 커서
정말 좋았다.

텃밭 가꾸기

3월 첫날, 아침부터 비가 주룩주룩 내렸다. 연휴 끝자락인 오늘은 102년 전 한민족이 일본의 식민 통치에 항거하여 독립을 선언하고 대대적인 만세 시위를 벌인 날이다. 이사를 위해 월등으로 같이 내려온 아빠가 혼자 서울로 돌아가는 날이기도 하다. 8시 30분, 아침부터 이장님 목소리가 스피커를 통해 흘러나왔다. (사실 이날은 마을이 낯선 유학생 가족들을 배려해 아주 늦게 방송이 나온 것이었다)

"아! 아! 오늘은 비가 내립니다! 비가 내리니 마을 회의를 하겠습니다. 마을 주민들은 10시까지 유산각(정자)으로 모이시기 바랍니다!"

'아니, 왜 하필 비 오는 날 회의를 하지?'

의문은 곧 풀렸다. 비 오는 날엔 농사일을 하지 못하니 회의 소집을 한 것이다. 주 안건은 유학생 가족 소개였다. 우리는 차례로 마을 어르신들께 인사드리고 이사 온 기념으로 화장지 1팩씩을 선물로 받았다.

아이들을 학교에 보내고 유학생 어머니들은 하루, 이틀 각자 시간을 보내다 목요일 아침 갑작스런 소집 통보에 아침을 먹다 말고 뛰어나왔다. 마을 선생님이신 최 선생님과 함 선생님께서 텃밭 분양을 위해 우리를 기다리고 계셨다. 집 바로 뒤쪽으로 각자 집의 너비만큼 텃밭을 제공받았다. 뒤에 심어진 자두나무를 가구당 두 그루씩 차지하게끔 작게 고랑을 파 구역을 나누었다. 그런 다음 20kg 퇴비 두 포대씩 자기 텃밭에 지그재그로 흩뿌렸다. 들고 뿌리기에는 무거워 흙 위에 질질 끌고 가며 대충 뿌려놓고 괭이로 흙과 섞어 고르게 펴서 앞으로 농작물 키울 채비를 하였다.

일요일 오전에 아이들과 함께 감자를 심기로 했다. 주말에 하는 작업이라 그런지 이번엔 미리 알려 주셔서 친정에 갔다 토요일 저녁에 들어올 수 있었다. 최 선생님의 지휘 아래 아이들은 싹이 난 씨감자에 재를 묻혀 소독하고, 어른들은 감자를 심을 두둑을 만들었다. 괭이나 호미로 고랑을 파며 흙을 퍼 올려 두두룩하게 흙을 쌓아 다졌다. 최 선생님께선 감자를 좋아하는 만큼 이랑을 만들라고 하셨다. 감자 좋아하는 남편을 위해 많이 심고 싶었지만 한 이

랑 만들기에도 너무 힘들었다. 옆집 엄마는 남편과 중학생 아들에게 할 일을 지시하고 있었다. 자잘한 심부름은 6학년 딸이 도맡아 했다. 부러운 마음에 우리 아이들을 찾아보니 밭 한쪽에서 지렁이를 잡고 있었다. 월요일에 올라간 남편은 이번 주엔 오지 않았다. 첩첩산중이다.

'일단 할 수 있는 만큼만 해야지 뭐. 다음 주에 내려오면 밭일 잔뜩 시켜줄테닷!'

두둑을 다 만들고 그 위에 비닐 멀칭을 했다. 흙에 비닐을 씌우는 이유는 잡초가 자라지 못하게 해주고, 온도를 높여 하우스 역할도 하며, 수분을 유지하여 물을 주지 않아도 잘 자라게 하는 것이란다. 한쪽 끝을 덮어 돌을 올려놓은 후에 비닐을 쭈욱 풀어가며 두둑을 한 번에 덮는다. 그런 다음 다른 한쪽에 맞추어 비닐을 자르고 사방을 흙으로 덮어 비닐이 빠지지 않게 고정한다. 멀칭 작업을 끝내고 이번에는 감자 모종이 들어갈 구멍을 25~30cm 간

격으로 팔 차례이다. 긴 나무 막대기를 이용해 10~15cm 깊이로 비닐과 흙을 한꺼번에 뚫어야 한다. 근력이 부족한 나는 혼자선 버거웠다. 운동 부족을 새삼 느끼며 저쪽에서 감자 대신 지렁이를 파묻고 있는 선우를 불렀다.

"선우야! 지렁이 그만 심고 이리 와서 감자 심어!"

5학년 아들이 비실거리는 엄마보다 나았다. 선우가 낑낑대며 판 구멍에 세은이는 재 묻은 감자를 하나씩 넣었다. 마지막으로 구멍에 흙을 수북이 덮어 감자 심기를 마무리했다. 감자 이랑 뒤로 또 한 줄 고랑을 팠다. 이번엔 비닐을 덮지 않고 양파, 부추, 대파 모종을 심었다. 호미로 흙을 적당히 파서 모종을 넣고 흙을 덮어주면 끝이었다. 베란다 텃밭 한번 가꾸어 본 적 없는 나와 아이들이 농작물 재배의 첫발을 내딛었다. 우리 손으로 직접 키운 감자와 채소들은 얼마나 맛있을지 기대가 되었다. 그 후 3월 말에 감자 싹이 위로 잘 올라오도록 비닐을 조금씩 찢어주었다. 아이들 둘이서 가위로 찢었는데 감자는 물을 줄 필요가 없어서 심는 고단함만 이겨내면 이 작업을 제외하고 캘 때까지 따로 할 일은 없었다.

이후에도 여러 가지 채소를 텃밭에 키웠다. 이장님께서 상추와 옥수수 씨를 주셔서 3월 중순에 상추, 4월 중순에는 옥수수 씨를

뿌렸다. 상추는 두둑에 대충 흩뿌리고 물을 주었더니 1~2주가 지난 시점부터 싹이 올라왔다. 옥수수는 새들에게 발견되지 못하도록 분홍색 코팅이 되어있었는데 25~30cm 간격으로 호미로 약간의 홈을 파 옥수수 알을 2개씩 넣고 흙으로 잘 덮어준 후에 물을 주었다. 이것도 1~2주가 지난 후에 예쁜 연두색의 싹이 빼꼼히 올라왔다. 그 후로 옥수수는 하루가 다르게 무럭무럭 자랐다. 비가 내린 다음 날은 눈에 띄게 쑥 올라와 있었다.

'우리 아이들도 유학 생활하는 동안 옥수수만큼 몸과 마음이 쑥 자라서 돌아가겠지?'

아직도 텃밭에는 남은 공간이 많았다. 5월 초에 텃밭 일에 능숙하신 친정엄마를 모셔왔다. 엄마는 감자, 양파, 콩 등 여러 채소를 텃밭에 키우신 지 10년이 넘으셨다. 소일거리로 시작하신 일이 우리 식구는 사지 않고 먹을 만큼 재배하신다. 엄마는 월등에 들어오시며 토마토, 방울토마토, 가지, 오이고추, 피망, 파프리카, 애호박 모종을 사 오셨다. 텃밭에 박을 말뚝과 노끈도 잊지 않으셨다. 지난 주말에 남편 시켜 미리 만들어 놓은 두둑에 아이들과 1학기 마지막이 될 모종을 심었다.

6월부터 7월까지는 본격 수확 철이었다. 그전부터도 상추와 부추는 뽑아 먹고 잘라 먹어도 계속 자라 7월 말, 밭을 갈아엎을 때까지 따 먹었다. 6월 10일경 감자를 캘 시기이다. 비닐 위로 나온 감자 잎과 대가 누렇게 변하며 옆으로 쓰러지면 캘 때가 된 것이라 하셨다. 더 두면 흙 아래 감자가 썩을 수 있다고 한다. 비닐을 걷어내고 호미로 흙을 살살 긁으니 아래에 숨겨져 있던 감자가 여기저기서 모습을 드러냈다. 보물찾기처럼 재밌다는 아이들에게 감자 캐기를 맡기고, 나는 아이들이 캔 감자를 상자에 담으며 작은 것들은 알감자조림을 위해 골라내었다. 감자

를 캔 후 양파도 뽑고, 알맞게 자란 호박 두 개도 따서 상자 한가득 수확물을 들고 집으로 돌아왔다. 땀에 젖은 아이들 얼굴이 환하게 빛났다.

토마토와 방울토마토, 오이고추, 가지, 피망, 파프리카는 먹기 좋게 익거나 자란 것으로 수시로 따 먹었다. 우리 밭에서 직접 키운 채소로 반찬을 해주니 아이들도 더 맛있다며 잘 먹었다. 직접

텃밭을 가꿔보며 자연이 주는 소중한 선물을 귀하게 여길 줄 아는 순수한 아이들이다.

7월 말 방학을 맞아 서울로 올라가기 전 마지막으로 옥수수를 수확했다. 완전히 여문 것만 확 꺾어서 뚝 따내니 52개나 되었다. 20개는 마을에서 얻은 복숭아 몇 개와 함께 시댁에 택배로 보냈다. 강원도 찰옥수수 못지않게 찰지고 맛있었다. 옥수수뿐만 아니라 중간중간 감자와 토마토, 호박 등을 택배로 받아 보신 시어머니는 친지들께 자랑하신단다.

"이거 우리 며느리랑 손주들이 농사지은 거야!"

3월 7일 일요일

우리 집 텃밭에
감자, 양파 심는 걸
도왔자. 밭을 갈아
잡초를 뽑은 뒤 재에
묻한 감자를 7명에 심었다.
양파와 부추도 심었다.
내가 재밌어서 다음에 또
하고 싶다. 내가 심은 것이
잘 자라면 좋겠다.

LUNAPARK
The Design Island

5월 1일 토요일

오늘 할메와 친척언니랑 같이 방울토마토, 토마토, 가지, 애호박, 오이고추, 피망, 파프리카를 심었다. 처음엔 심고 두번쨰 기둥을 새웠다. 세번째쨴 기둥과 식물을 끈으로 묶었다. 너무 재미있었다. 그리고 상추도 뽑았다.

LUNAPARK
The Design Island

화단 꾸미기

3월 18일 아침부터 집 앞이 소란스럽다. 불안한 마음에 나가 보니 최 선생님과 함 선생님께서 오늘 집 앞 화단을 만들 것이라고 9시까지 모이라고 하셨다. 역시나 예고 없이 일이 닥쳤다. 부랴부랴 빨래를 돌려놓고 선크림에 모자로 중무장한 채 밖으로 나갔다. 제일 끝 집인 우리 집에서 10m 정도 위에 있는 밭에 전날 실어다 놓은 황토가 산처럼 쌓여 있었다. 저걸 다 우리 손으로 직접 퍼다가 날라서 붓고 다져야 한단다. 마을 선생님 두 분과 마을 어르신 두 분이 도와주셔서 여덟이서 일을 시작했다. 황토를 깔기 위해 먼저 맨땅에 덮어 놓은 담요를 걷어냈다. 최 선생님이 총 감독을 하시며 돌을 쌓아 울타리를 만드시는 동안 셋은 삽으로 수레에 흙을 퍼 담고, 둘은 수레를 나르고, 나머지 둘은 화단 입구에 퍼다 놓은 흙을 괭이로 펼쳐 발로 다졌다.

반도 안 했는데 벌써 해가 중천이다. 다행히 점심은 마을 어르신 한 분이 해주시기로 하셔서 다 같이 일을 멈추고 그 댁으로 갔다. 나는 진즉에 끝난 빨래를 후딱 널어놓고 뒤따라갔다. 대낮부터 갈비를 구워 주셔서 맛있게 먹고 오후 작업이 시작되었다. 든든하게 고기로 채운 배가 고된 노동에 쉬이 꺼져갔다. 아이들이 올 때가 다 되어서야 땀으로 범벅이 된 채 화단에 황토 깔기 작업이 끝이 났다. 그즈음 최 선생님과 함 선생님께서 남천 나무를 차에 실어 오셨다. 아이들과 함께 남천을 울타리 삼아 빙 둘러 심고 마을 어르신 한 분이 분양해주신 수선화를 한쪽에 심는 것으로 그날 작업을 마무리했다. 앞으로 이곳에 전부 꽃을 심는다니 아직도 할 일이 태산이다.

'2학기에 새로 오신 분들은 우리가 맨손으로 고생하며 화단 만들어 놓은 지 모르겠지?'

하루를 꼬박 삽질과 괭이질을 했더니 허리도 아프고, 팔도 아프고 몸이 천근만근이었다. 그래도 내 손으로 직접 내 집 화단을 만들 수 있어 뿌듯하기도 했다. 여기서 말고 또 언제 해볼 기회가 있겠는가?

근육통이 채 가시지도 않은 다음 날, 이장님과 함께 인근 화훼 농장에 가서 용달차에 한가득 꽃모종을 실어 왔다. 여러 가지 색깔의 '팬지'를 주로 가져왔는데 각자 원하는 꽃으로 가져다 심으라고 하셨다. 괜히 욕심이 앞서서 얼추 200개 정도 되는 꽃모종을 집 앞에 가져다 놓고 밤에 올 남편을 기다렸다.

'당신도 고생 한번 해봐요.'

애석하게도 다음날 종일 비가 내려 일요일에 꽃을 심었다. 아직 땅이 매우 질었지만, 남편이 올라가기 전에 심어야 했기에 장화를 신고 일을 시작했다. 남편은 괭이로 땅을 파고 아이들은 모종을 꺼내고 나는 모종을 심어 흙으로 덮어가며 그 많은 꽃을 심었다. 그런데 심을 때는 많아 보였는데 아직도 붉은 황토를 드러낸 곳이 많았다. '설마 여기 더 심는 건 아니겠지?'

한 달 정도 후에 우려가 현실이 됐다. 이번에는 빨간색, 하얀색, 분홍색의 '데이지'를 가져왔다. 욕심을 버리고 최소한만 가져와 '팬지' 옆쪽에 두 줄로 심었다. 그런데 전에 황토를 깔 때 힘들어 이쪽은 대충 적당히 깔았더니 황토층이 얕아 단단한 맨땅을 파야 했다. 도저히 내 힘으로는 팔수가 없어 최 선생님께 부탁드렸다. 앞으로는 요령 피우지 말아야겠다.

그 외에도 사철나무 묘목을 가져와 남천이 빈 곳에 둘러 울타리를 만들었고, 하루는 철쭉을 사철나무와 남천나무 안쪽으로 길게 심었다. 가져온 묘목이 많아서 앞쪽은 물론 옆쪽, 뒤쪽까지 나무를 빙 둘러 울타리 삼아 심었다. 역시나 허리도 아프고 손목도 아팠다.

6월 10일, 1학기 마지막 꽃 심기가 있었다. 이번엔 집 앞 화단이 아니라 개울 앞에 세운 시멘트 옹벽 위에 놓은 화분에 심었다. 이번에도 꽃을 화훼농장에서 용달 한가득 실어 왔다. 맨드라미, 천일홍, 페튜니아 세 가지를 한 화분에 한 종류 세 모종씩 차례대로 심었다. 화분에 꽃모종을 넣고 흙을 부어 심으면 훨씬 수월했겠는데 이미 흙이 담긴 화분에 심으려니 흙을 한쪽으로 치우고서 심어야 해 번거로웠다. 이슬비까지 부슬부슬 내리기 시작했다. 다행히 마을 할머니 세 분이 도와주셔서 얼른 끝마칠 수 있었다.

지난 7월 초 일주일간 내린 거센 장맛비에 화단의 꽃들이 전부 쓰러져버렸다. 관리를 포기하니 잡초만 무성하게 자라 손대기가

겁이 났다. '에라 모르겠다!' 그대로 두고 방학을 맞아 2주간 서울 집에 다녀와 2학기를 앞두고 마을에 다시 들어왔다. '어라 깨끗하네?' 나무 울타리만 남겨두고 화단이 다 갈아엎어져 있었다. 황토도 더 채워진 듯 보였다. 2학기에는 전문 조경업자가 우리 화단들을 꾸며주신다고 했다. 엄마들에게 맡겨놓으니 관리가 안 되어 보기에 흉했나 보다. 당장 화단 한쪽에 보도블록부터 깔아주셔서 다니기에 훨씬 수월했다. 1학기에는 맨흙에 담요만 덮어져 있어서 비가 오면 여간 성가신 일이 아니었다. 1학기 유학생 엄마들은 화단 꾸미느라 생고생을 했지만 나는 만족한다. 어찌 되었든 해 봤으니까. 조경업자가 예쁘게 꾸며주는 화단도 좋지만 내 손으로 가꿔본 것도 좋았다. 그런데 한 번이면 족한 듯싶다.

3월 21일 일요일

오늘 우리 화단에
꽃을 심었다.
이런 경험이 처음이라 되게 신기했다.
그리고 흙에 빠진 느낌도 좋았다.

꽃이 잘 자라 주면 좋겠다.

3월 21일 일요일

오늘 우리 집앞에 꽃을
심었다. 잘 자라면
좋겠다. 그리고 좀 장난쳐서
아주 재미 있었고 꽃이
에뻐서   좋았다.

마을 산책

6월 7일, 아침부터 오빠가 없어 우울해하는 세은이를 달래고자 하교한 아이와 함께 마을 산책에 나섰다. 초여름답지 않게 내리쬐는 햇볕이 꽤 따가웠다.

선우는 1박 2일 일정으로 고흥 나로도로 수련회를 갔다. 서울이라면 꿈도 못 꿀 수련회를 갈 수 있어 너무 감사하다는 아이. 설레는 마음으로 서둘러 나가려는 오빠를 세은이는 불러 세워 꼭 안아주고 보냈다. 고작 하룻밤이지만 오빠랑 떨어지는 게 처음인 세은이는 아침부터 싱숭생숭한가 보다.

나는 복이 많게도 사이좋은 남매를 키우고 있다. 스윗한 오빠와 큐티한 여동생. 세은이는 소문난 오빠 바라기이다. 결혼은 오빠랑 한단다. 남편은 불쌍하게도 단 한 번도 딸아이에게 아빠랑 결혼하겠다는 말을 들어보지 못했다. 태어나서부터 오빠가 있었던 터라 아빠는 항상 뒷전이었다. 선우는 "남매끼리 결혼하는 거 아닌데"

라고 중얼거리면서도 동생이 상처받을까 대놓고 안 된다고 하지는 않는다.

마을에 5, 6학년 언니 오빠들이 모두 수련회에 가고 유치원생 아이와 세은이 둘만 통학 버스에서 내리게 되었다. 매일 다니는 길이지만 혹시나 하는 마음에 마을 입구 버스 내리는 곳으로 마중을 나갔다. 아이들이 적어 평소보다 버스가 일찍 도착했는지 저만치 되돌아가는 노란 버스가 보였다. 급한 마음에 뛰어가니 세은이 혼자 달려오고 있었다. 같이 내린 유치원생은 밭에 일하시는 엄마를 보고 가버렸단다. 땀에 젖은 아이 손을 잡고 집으로 가는 길에 물었다.

"세은아, 엄마랑 아이스크림 먹고 산책하러 갈까?"

"응, 응. 좋아, 좋아!"

집에 돌아와 마스크부터 벗어 던지고 아이스크림 하나씩을 입에 물었다. 달콤한 시원함에 땀이 식자마자 아이와 모자를 쓰고 집을 나섰다.

5시. 아직은 해가 강한 기운을 내뿜는 시간이다. 얼마 지나지 않아 고랑만 일궈 놓은 빈 밭이 보였다.

"여긴 아직 아무것도 없네. 세은이는 여기에 뭘 심고 싶어?"

아이가 잠시 생각하더니 답을 했다.

"맛있는 치킨이 주렁주렁 열리는 나무!!"

딸기, 토마토 따위의 답을 기대했던 나는 피식 웃었다. 조금 더 가니 마늘밭이 보였다. 반은 아직 서 있고 반은 뽑혀서 가지런히 누워있었다. 아직 서 있는 마늘 대 사이로 나온 마늘 쫑. 그 끝엔 덜 자란 마늘들이 달려있었다.

"엄마가 좋아하는 마늘 쫑이 저렇게 생긴 거구나. 이 끝에 마늘이 열리네."

옆엔 또 가지 밭이다. 보라색 가지는 줄기도 보라색이다. 보라색 줄기와 초록 잎이 어우러진 가지에 빨간 점이 도드라진다. 숙녀처럼 단아하게 앉아있는 무당벌레였다.

조금 더 걸어가다 양파밭을 지나게 되었다. 풍랑이라도 맞은 듯 줄지어 쓰러져있는 양파들을 보자니 지난 주말 왔다 간 남편 생각이 났다. 아침 준비하는 동안 텃밭에 물이나 주라고 내보낸 남편이 헐레벌떡 들어왔다.

"여보, 큰일 났어! 우리 대파들이 다 쓰러져있어!"

무지한 도시 사람의 실없는 소리에 웃음이 터져 나왔다.

"여보, 이건 대파가 아니라 양파고, 양파는 원래 자라면서 대가 쓰러져요. 그래서 양파는 대를 먹지 않고 버려."

불과 한 달 전만 해도 나도 몰랐으면서 짐짓 아는 체를 해봤다.

이제부터는 본격적으로 과실수밭이 펼쳐졌다. 맨 먼저 감나무가 보였다. 다른 과일들은 제법 영글어가는 반면 가을이 제 철인 감은 아직 꼭지만 있는 듯 보였다. 자세히 보니 꼭지 끝에 시들어가는 꽃이 매달려 있고 그사이에 손톱만 한 감이 열려있었다. 바닥에 떨어진 꼭지 하나를 주워 꼭지를 떼어내고 감만 보니 작은 주머니 같은 게 너무 귀엽다.

다음은 매실이다. 6월이 수확 철인 매실은 초록색 탱탱볼마냥 완전히 여물었다. 아이가 바닥에 떨어진 매실을 하나 주워 감과 함께 티셔츠 주머니에 넣었다. 사실, 가는 길 양쪽에 천지가 복숭아밭인데 5월에 복숭아를 솎은 후 봉지 씌우기 작업을 한 터라 복숭아는 볼 것도, 주울 것도 없었다.

그런데 봉지 씌우기를 안 한 나무 몇 그루가 있었다. 아이는 얼른 달려가 떨어진 복숭아를 찾아 주었다. 매실보다 조금 더 큰 크기에 털이 보송보송하다. 나는 얼마 전까지 매실과 복숭아를 구분하지 못했다. 봉지 씌우기 전 복숭아가 매실만 했을 때는 다 매실인 줄 알았다. 그때를 지나 복숭아가 조금 더 커지면서 분홍빛이 돌기 시작해서야 이건 복숭아구나 했다.

　이번엔 아이가 좋아하는 사과밭을 가봤다. 딱 시중에 파는 한입 미니사과 크기만 한 사과가 주렁주렁 열렸다. 아이가 한 손으로 가볍게 쥘 정도이다. 전체적으로 연둣빛에, 부분부분 붉게 물들어가고 있는 놈도 보인다. 그런데 발밑에 떨어져 있는 사과가 좀 많다. 세은이는 신이 나서 예쁜 걸로 두 개 골라 줍는데 왜 이리 떨어졌나 걱정이 좀 됐다. 사과 두 개까지 더하니 티셔츠 주머니로는 부족하다. 담을 거리가 있나 휴대폰과 잡동사니로 꽉 찬 작은 가방을 주섬주섬 뒤져보았다. 다행히 봉지 하나가 나와 아이에게 건넸다. 아이는 좋아서 예쁘게 생긴 것으로 두 개를 더 주웠다. 봉지는 자기가 들겠다며 손에 꽉 쥔 채 신나게 흔들고 저만치 뛰어갔다.

　이번엔 들꽃 구경에 한창이었다. 꽃구경 중에 자전거를 타고 지나가시는 마을 어르신이 인사를 건넸다.

　"엄마랑 어디 가냐?"

　"안녕하세요! 산책 가요, 이것도 주웠어요."

　세은이는 봉투를 들어 주운 과일들을 자랑했다.

　"먹지도 못할 꺼 뭘 그리 많이 주웠냐! 어제 여기 사과 숨겼는디."

어르신은 조금 전 우리가 다녀온 사과밭을 손으로 가리키셨다.

'아하 그래서 사과가 그리 많이 떨어져 있었구나!' 안심이 됐다. 복숭아든 사과든 한 가지에 열매 1~2개만 남겨 놓고는 다 솎아낸다. 열매가 많으면 영양분이 과실로 충분히 가지 못해 작게 열리기 때문에 몇 개를 골라 상품성 있게 키워내기 위한 과정이다.

좀 더 깊게 들어가니 숲 내음이 확 짙어졌다. 분위기가 음습한 게 왠지 뱀이라도 나올 것만 같았다. 아이는 호랑이가 나올 것 같다면서도 숲 냄새가 달콤해서 좋단다. 길옆 풀밭에는 빨간 뱀딸기가 많았다. 오는 길에 본, 발에 밟혀 짓이겨진 것들과는 달리 여기 것은 모양도 온전히 예쁘다. 큰 걸로 두어 개 따서 봉투에 담는 아이에게 먹으면 안 된다고 주의 주었다.

옆에는 작년 가을에 떨어진 걸로 보이는 밤송이가 있었다. 손으로 밤을 꺼내려는 아이를 만류하고 발로 밟아 비틀어서 알맹이만 나오게 하였다. 알밤 세 개는 이미 벌레 차지가 된 지 오래인 듯 보였다. 세은이는 그 모양을 보더니, 봉투에 담기를 포기했다. 돌아가자는 말이 없는 아이를 따라 좀 더 깊이 들어갔는데 다행히 길이 끊겼다. 한 개만 더 담고 싶다는 아이에게 우리 집 텃밭에 있는 자두를 줍자고 꼬드겨서 돌아왔다.

길가에는 이름 모를 작은 들꽃들이 정말로 많았다. 몇 개는 찾아도 보고 몇 개는 그냥 지나치고 하면서 꽃구경을 하며 돌아가니 가는 데만도 한참이 걸렸다. 세은이는 그중 작고 하얀 꽃을 몇 송이 꺾어 조금 전에 아기 감과 매실이 자리했던 주머니에 꽂고 환하게 웃었다.

"엄마, 나 부자가 된 것 같아!"

개선장군의 전리품처럼 봉투를 손에 꼭 쥐고 앞서 걸어가는 아이의 뒷모습을 보며 마음속으로 바라보았다. 항상 이렇게 자연과 작은 것에 감사하며 살기를. 더불어 자연과 교감하는 마음을 키워줄 수 있는 '농촌유학'을 선택한 우리의 판단이 옳았음에 또 한 번 어깨가 으쓱했다. 여기 오지 않았으면 과일과 채소는 마트에서나 보는 농산물이지 자라나는 과정과 모습은 알지 못했을 것이다.

아침이면 시끄러웠을 뻐꾸기와 이름 모를 새들의 지저귐도, 자연의 풍성함으로 마음을 채운 모녀의 귀엔 즐거운 노랫소리로 들려왔다.

"엄마, 뻐꾸기가 '뻐꾹'이 아니라 '똑꾹, 똑꾹' 하는 것 같애."

"그런 것 같네. 엄마는 또 다른 새 소리가 계이름으로 들려. '라 도라도미도' 같지 않아?"

"그러네. 엄마 내가 새 소리 흉내 내볼게. '호롱호롱'"

아이와 한참 동안 새 소리를 흉내 내며 집으로 돌아오니 앞집 언니가 손짓하며 부르셨다.

"세은아, 이리 와봐! 블루베리 익은 거 따서 먹어"

아이는 작은 손에 적당히 따고는 나를 쳐다봤다. 남의 것인데 이 정도면 되느냐는 물음일 터였다. 다행히 옆에서 언니가 거들었다.

"많이 따가. 까맣게 익은 거 다 따가도 돼. 세은이가 안 따가면 내일 새들이 다 따먹을 거야."

아이는 마음 놓고 아까 그 봉투에 블루베리도 따서 담았다.

블루베리 따기를 끝내고 언니네 고양이들과 한참을 논 세은이는 꽃밭으로 눈을 돌렸다. 처음 보는 분홍 꽃이 마음에 들었나 보다.

"엄마, 이 꽃 너무 예뻐. 안에 별이 들어 있어."

앞집 언니는 세은이를 흐뭇하게 바라보셨다.

"이게 애들 눈엔 별로 보이는구나."

"세은아, 오늘 오빠 없어도 엄마랑 좋았지?"

"응, 너무 좋았어. 내일 오빠 오면 보여줘야지! 이제 집에 가서 블루베리 먹을래요."

다음날, 수련회를 마치고 집으로 돌아온 선우를 세은이는 반갑게 맞아주었다.

"오빠! 재밌었어? 나도 어제 엄마랑 산책 가서 재밌었는데. 이거 봐 예쁘지? 내가 다 주웠어!"

"이거 복숭아네. 이건 사과!"

"맞아. 그럼 이건 뭔지 알아?"

"이 작은 게 뭐야? 모르겠어."

"감이야! 여기 꼭지를 뗀 거야. 몰랐지?"

"어 그러네? 엄마! 나도 나가서 볼래요!"

6월 7일 월요일

학교를 마치고 엄마와 산책을 했다.
가다가 꽃도 사진 찍고 감, 매실, 사과,
뱀딸기, 복숭아를 주웠다. 감은 작았고 매실
과 복숭아는 복실복실 했고 뱀딸기는 먹으면
안된다고 말하셨다. 사과는 딱딱
했다. 산책 하다가 예쁜 꽃도 많이
봤다. 집에 갈라고 할때 앞집에
잠깐 가서 블루베리를 따고 고양이,
개를 봤다. 나비가 엄청 많았다.
오빠가 없어도 재미있었다.

LUNAPARK
The Design Island

과수 농사 체험

　월등 주민들은 대부분 과수 농사를 짓는다. 봄, 여름엔 복숭아와 매실 농사를 주로 짓고, 가을엔 감이 주된 수확물이다. 간혹 사과를 키우는 농장도 있다. 농촌에 내려와 살다 보니 서울에선 흔치 않은 농사 체험의 기회가 종종 주어졌다.

　3월 초, 짝을 찾는 개구리와 함께 화사하게 핀 매화가 월등에 봄소식을 전했다. 아직 옷깃을 여미는 찬바람에도 매화는 봉우리를 살짝 벌려 하얀 속살을 드러냈다. 하얀 꽃은 매화, 분홍 꽃은 복사꽃이라 생각했었다. 알고 보니 삭풍을 이겨내고 맨 처음 봄소식을 전한 꽃은 전부 매화란다. 여러모로 매실나무와 복숭아나무는 도시 촌놈의 막 눈을 헷갈리게 했다. 한바탕 팝콘을 튀기던 매화가 지고 나면 비로소 분홍의 복숭아꽃이 월등에 완연한 봄이 왔음을 알렸다. 넓게 펼쳐진 복숭아밭에 핀 복숭아꽃은 솜사탕 기계에 흩뿌려진 분홍 설탕 같았다. 어디에서도 보지 못한 이 분홍빛

낙원을 마스크도 쓰지 않은 채 바라보고 서 있자니 팬데믹이란 딴 세상 이야기였다.

복숭아가 잘 자라기 위해서는 이 어여쁜 복사꽃을 따주어야 한다. 일명 '꽃따기(적화)'라 불리는 이 작업은 보통 4월 초경에 이루어진다. 꽃이 수정되어 열매가 되기 때문에 가지마다 열린 꽃이 너무 많으면 열매가 작게 열린다. 꽃따기는 꽃을 적당히 따 주어 튼튼하고 맛있는 복숭아로 키우기 위한 중요한 과정이다. 같은 이유로 5월 중순쯤엔 '열매 솎기(적과)' 작업을 한다. 한 가지에 여러 열매가 맺히면 양분 소모가 많이 되어 크게 자라지 못하므로 아기 열매를 가지 길이에 따라 1~2개만 남기고 따준다. 5월 말~6월 초에는 복숭아 '봉지 씌우기'를 한다. 병충해를 막고 예쁜 색과 모양으로 상품성 있게 키우기 위함이다. 복숭아를 봉지로 하나하나 싸야 하기에 시간이 오래 걸려 수확 철과 더불어 복숭아 농장이 가장 바쁜 시기이다.

나와 다른 유학생 어머니들은 과수 농사 체험도 해볼 겸 마을 일손 돕기에 나섰다. 벌레와 햇빛으로부터 보호하기 위해서 긴팔, 긴바지에 챙이 넓은 모자를 쓰고 장화까지 챙겨 신고 마을 이장님의 밭으로 갔다. 작업용 앞치마를 두르고 장갑을 낀 후 주머니에 복숭아 봉지 한 묶음을 꽂아 넣고 각자 한 나무씩 맡아 일을 시작했다. 봉지는 손바닥만 한 사각형 모양에 가운데가 V자 홈이 패여 있고 한쪽 끝에 철사가 내장되어 고정하기 쉽게 되어있다. 먼저 봉지를 열어 V자 홈이 나뭇가지에 닿게끔 복숭아를 감싸서 올린 후 종이만 있는 부분을 먼저 접고 철사가 내장된 부분을 교차시켜 눌러 고정해 주면 된다. 주의할 점은 꼭 가지와 함께 싸야지. 복숭아 꼭지만 감싸면 복숭아가 떨어질 수 있다. 중간중간 적과가 덜 되거나 벌레 먹은 열매는 따주면서 씌워준다. 작업이 어렵지는 않으나 처음 하는 일이라 어깨와 허리가 좀 아프고 더위가 힘들었다. 다행히 도시락을 먹고 시작한 오후 작업 때는 구름이 잔뜩 끼어 햇빛을 막아주니 훨씬 수월했다.

이제 마지막으로 복숭아를 수확할 차례이다. 복숭아는 품종에 따라 6월 말부터 늦게는 9월 초까지도 수확한다. 복숭아가 봉지 속에서 예쁘게 자라다 봉지 아래쪽을 터트릴 정도로 커졌다. 우리는 호기롭게 이장님께 말을 건넸다.

"복숭아 따기도 도와드릴게요."

"복숭아는 아무나 못 따요, 따면 맛이나 보세요."

'따는 게 뭐가 어렵나?' 하는 생각이 들었다. 나중에 앞집 언니에게 들은 말이지만 복숭아는 보통 농장 주인만 딴다고 한다. 남에게는 물론 부인에게도 맡기지 않는다는 말이 있단다. 아마 복숭아가 예민한 과일이라 쉽게 무르고 상처가 날 수 있어 상품성이 떨어져서 그런 듯싶다.

우리 마을은 매실 농사도 많이 짓는다. 6월 1일부터 농협에서 매실 수매가 시작되어 집마다 일손 부족에 시달렸다. 이때에도 유학생 어머니들이 종종 마을 어르신들을 도와드렸는데 나는 학교 봉사로 인해 시간이 날 때만 도울 수 있었다. 일할 때 작업용 앞치마는 필수이다. 앞치마 주머니 아래쪽에 길게 지퍼가 있어서 매실을 따서 바로 주머니에 넣고 주머니가 차면 상자로 가 아래 지퍼를 열어 매실을 쏟아 낸다. 초록색 매실을 똑똑 따 담는 작업이라 어렵지

는 않았다. 그러나 너무 죄송스럽게도 조금 도와드리고 내가 딴 것보다 더 많은 매실을 답례로 받아버렸다.

아이들은 학교에서 1학기 동안 복숭아 생태체험을 한다. 월등초

등학교 학부모이자 우리 마을 이장님께서 체험용 밭을 제공해 주신 덕분이다. 4월 초 '꽃따기'부터, '열매 솎기', '봉지 씌우기', '복숭아 따기' 등 복숭아 재배의 전 과정을 체험해 볼 수 있다. 봉지 씌우기 할 봉지는 미리 그림을 그려 꾸며 놓기도 한다. 방학식 바로 전날 드디어 수확하는 날이었다. 아이들이 따온 복숭아를 한 상자에 6~7개씩 담아 각자 1~2상자씩 가져가고 남은 70박스 정도는 노인복지관에 기부했다고 한다. 학생들이 직접 전달식을 가져서 뿌듯함이 배가 된 듯하다. 이날 맛본 '나누는 기쁨'을 소중히 마음에 새겨 우리 아이들이 항상 이웃을 돌아보는 여유를 가지길 바란다. 농촌유학이 주는 또 하나의 '선물'이다.

4월 9 일 금요일

오늘 복숭아 꽃따기를 했다
꽃따기는 가지 끝에 2-3개,
가지 안에 2-3개를 딴다.
이러면 한정적인 양분을
잘 나눠가져서 복숭아가 크고
맛있게 된다. ✚ 따고서
새참으로 토스트도 먹었다
다음에 할 열매속기가 기대된다.

LUNAPARK
The Design Island

7월 22일 목요일

복숭아 따기 체험을 했다.
조금 가려웠다. 복숭아가 잘
자라서 좋았다. 나도 맛있게
먹을꺼다. 서울에서 느끼지
못한 많이 월등에 와서
느껴졌다. 정말 재미있었다.

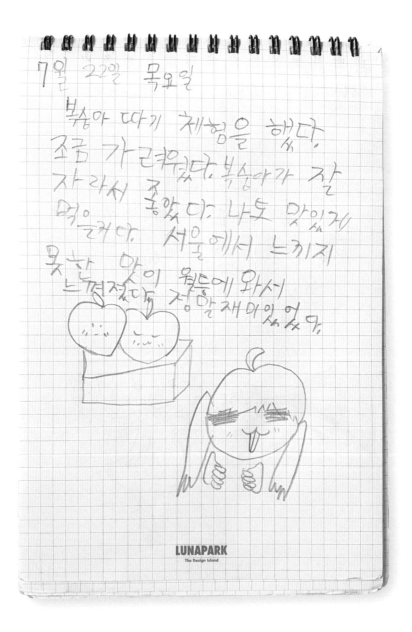

하교 후 물놀이

아이들은 물놀이를 좋아한다. 선우, 세은이는 더 그렇다. 아마 수영 잘하는 아빠를 닮은 모양이다. 나만 빼고 우리 가족 셋은 물에만 들어가면 나올 줄을 모른다. 그런 아이들에게 집 앞 개울은 얼마나 신나는 놀이터겠는가?

아이들은 3월 초부터 집에 오면 가방을 벗어 던지고 물에 들어가기 시작했다. 처음엔 추우니 발 젖지 않게 조심하라고 장화를 신겨 보냈지만, 매번 장화 안에 물을 가득 담아오기 일쑤였다. 감기 걸리면 학교 못 간다고 협박을 해보아도 거의 매일 바지까지 젖은 채로 찬바람을 맞으며 집으로 돌아왔다. 들어가지 말란다고 물에 안 들어갈 아이들도 아니고 장화가 미끄럽기도 해서 아예 활동이 편한 아쿠아슈즈를 장만해주고 마음껏 놀게 하였다.

경칩이 지난 3월 개울엔 사랑을 찾는 개구리들이 넘쳐났다. 여

기저기 짝을 찾는 개구리들의 사랑의 세레나데는 시끄럽기보다 감미롭게 들려왔다. 우리 아이들은 숲 유치원을 다니며 산 밑 개울에서 개구리알을 채집하고 개구리 잡고 놀아본 경험이 있다. 특히 선우가 덥석덥석 개구리를 잘 잡았는데 서울에서 온 다른 유학생들은 그 모습에 놀란 모양이었다.

"선우는 원래 여기 사는 애 같애! 어쩜 저렇게 개구리를 잘 잡아?"

선우가 개구리를 잡아서 손에 올려주니 놀랐던 아이들이 하나둘 잡기 시작했다. 나중에는 '개구리 잡기' 놀이를 했는데 수조에다 개구리를 마구잡이로 잡아넣는 것이다. 다 놀면 잡았던 개구리들을 개울에 다시 풀어주며 놀이가 끝이 난다. 한 마리씩 세어보며 놓아주는데 많이 잡을 땐 50마리도 넘게 잡는다고 했다. 한번은 애들 노는데 구경 갔다가 개구리 잡은 통을 보았다. 나는 좁은 수조에 우글대는 개구리들이 징그러웠는데 애들은 귀엽다고 했다. 하긴 지렁이도 던지고 노는 아이들이니.

작년 서울에서 하교 후 세은이와 집에 오던 길이었다. 길 한쪽에 쥐가 죽어있었다. 같이 가던 세은이 친구는 "꺅!" 소리를 지르는데, 세은이는 그 옆에 쪼그려 앉아서 쳐다보고 있었다.

"엄마! 죽은 쥐가 귀여워."

"세은아! 절대 만지면 안 돼! 쥐는 병균이 많아!"

"알겠어요, 그냥 구경만 할게."

선우와 세은이는 시골 생활 맞춤형 아이들인 듯하다. 선우도 시골 생활이 좋은 점 중 하나가 곤충과 동물을 많이 볼 수 있어서라고 했다. 여기서 동물은 두꺼비, 뱀도 포함이다.

3월 말부터 집 앞 도로 확장공사가 시작되었다. 길도 좁고 난간이 없이 바로 개울이라 위험했는데 유학생 가족들이 들어오며 예산을 받아 길 확장공사와 함께 시멘트 옹벽을 세우는 공사가 시작되었다. 길을 넓히려니 개울은 돌로 막혀 좁아졌다. 포클레인으로 돌을 퍼붓자 개울물도 탁해졌다. 하교 한 아이들은 공사 현장을 보고 개구리들 어떡하냐고 걱정이 태산이었다. 저 웅덩이에 개구리알이 잔뜩 있는데 물이 탁해 보이지 않는다며 걱정하다 잠이 들었다. 그런 아이들의 마음을 아는지 개구리들은 밤새 노랫소리로 안부를 전했다.

한 달에 걸친 공사가 끝나자마자 아이들은 다시 물에 내려갔다. 다행히 공사 중에도 개구리알들이 잘 부화했는지 올챙이들이 보였다. 개구리를 잡던 수조와 잠자리채를 손에 쥐고 동네 아이들은 '올챙이 잡기' 놀이를 하기 시작했다. 잠자리채로 물을 떠 그 안에 잡힌 올챙이를 물을 반쯤 채운 통에 넣기를 반복했다. 수조에 담긴 올챙이는 개구리보다 덜 징그러워 보였다. 사실 좀 귀엽기도 했다. 올챙이는 한 번에 100~300마리씩 잡았는데 아이들은 나름 순서를 정해 '잡기 조'와 '넣기 조'를 번갈아 가며 했다.

물놀이는 개울 안에서만 했던 것이 아니다. 아이들은 텃밭에 물을 준다는 구실로 호스로 물을 뿌리며 놀았다. 3월에는 내 눈치를 보며 살짝살짝 물만 묻혀오던 애들이 삭풍이 가고 훈풍이 불어오자 온몸이 젖도록 서로에게 물을 뿌려댔다. 물장난 핑계는 다양했다. 화단에 물도 줘야 하고 송홧가루 뒤덮인 차에 세차도 해야 했다. 앞집 언니가 화단에 물을 줄 때는 일부러 찾아가 요구하기도 한다.

"저한테 물 뿌려주세요!"

7월 초 장마가 끝나고 무더위가 시작되었다. 이제 본격적인 물놀이 계절이 왔다. 일주일 동안 하늘이 뚫린 듯 퍼부었던 비는 개울 상류 지점 작은 계곡을 딱 놀기 좋은 풀장으로 만들어주었다. 서로 물을 뿌려대고, 물총놀이도 하고, 물고기도 잡고 놀았다. 학교 봉사 다니며 친해진 조리사 선생님과 우리 학교 1학년생인 딸 예서가 물놀이를 위해 1주일에 1~2번 정도 놀러 왔었다. 선우, 세은이는 동네 아이들과 물놀이, 예서와 물놀이, 또 순천에 사는 친

척 언니 딸 민주와 물놀이하느라 1주일 내내 수영복이 마를 날이 없었다. 짧은 장마 뒤 타는 듯한 무더위가 계속되며 개울에 물이 말라가고 녹조가 생겨 물놀이 장소를 바꿨다. 마을을 약간 벗어나 월등으로 들어오는 초입 하천에는 다행히 무릎에서 허벅지 사이 정도 되는 물이 있어 하교 후에 그쪽으로 달려갔다. 걸어서 10분 정도 되는 거리지만 인도가 없는 찻길이라 위험하여 항상 차로 데리고 가 기다렸다가 데려왔다. 마을 이장님이 다리 밑에 평상을 놓아주셔서 평상에 앉아 시원하게 발을 담그고 아이들 노는 것을 구경했다. 간혹 낮잠을 자기도 하고 책도 읽고, 예서가 올 때는 조리사 선생님과 얘기 나누다 그렇게 한가로이 시간을 보냈다. 아이들은 상류 쪽 계곡보다 이곳 하천을 훨씬 좋아했다. 탁 트이고 넓어 튜브를 탈 수 있어서 그렇다.

방학 때 서울 집에 다녀와서 2학기가 시작되었다. 6학년 유학생 둘이 돌아가고 서울과 광주에서 2학년 1명, 3학년 2명, 4학년 1명, 중학생 1명이 내려왔다. 중학생을 제외하고 월등초 아이들의 학령이 낮아지면서 아이들은 더 몰려다니며 더 신나게 놀았다. 가을장마가 3주간이나 지속되면서 습하고 더운 날씨가 이어졌다. 물놀이를 계속할 수 있다는 뜻이기도 했다. 계속된 비로 집 앞 개울의 녹조도 벗

겨지고 수위도 놀 수 있을 만큼 되었다. 아이들은 집에 오면 가방과 양말을 벗어 던져놓고 그대로 개울로 뛰어 들어갔다. 수영복, 튜브 따위 필요 없이 그냥 놀았다. 새로 온 아이들은 전에 없던 경험이니 너무 신나겠지만 선우, 세은이는 매일 하는 물놀이가 여전히 그렇게도 재밌는지 모르겠다. '애들은 전생에 인어였었나?' 3월부터 시작한 물놀이는 한겨울 개울이 얼어야 끝날 것만 같은 두려운 생각이 든다.

3월 8일 월요일

학교에서 집에온 후 집앞 개울에서 놀았다.

개구리와, 물고기, 개구리 알, 도롱뇽알을 봤 그리고 짝짓기 하는 개구리도 봤다. 개구리가 나 한태 올까봐 조마조마 했다. 도롱뇽알 촉감이 바람빠진 튜브 같았다. 재미 있었다.

LUNAPARK
The Design Island

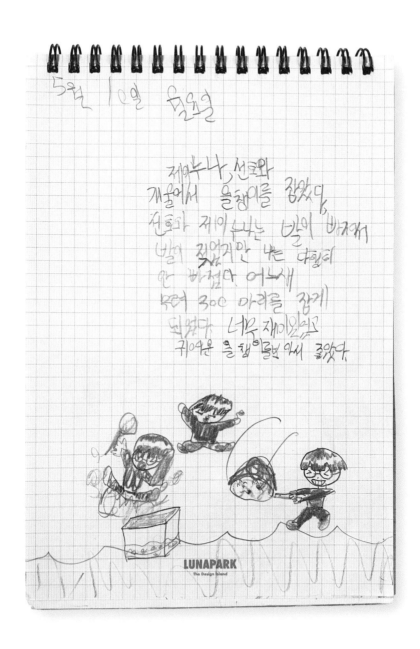

7월 17일 토요일

친척과 같이 계곡에 갔다.
먼저 깊은 곳에서 놀았다.
우리는 바위 의자에서
앉았다. 그리고 발버둥 치면서
수영 연습을 했다. 육지로 와서
라면을 먹었다 그 다음엔
낮은 곳으로 와서 예쁜 돌을
주웠다. 너무나도 재미
있었다.

LUNAPARK
The Design Island

시골이라 불편한 것들

시골은 자연과 어우러져 살기에는 너무 좋다. 이것저것 나눠주시는 시골 인심도 좋고, 아이들 자연 놀이터는 더할 나위 없다. 그러나 시골이라 불편하고 힘든 점도 여럿 있다. 일단 차가 없으면 이동하기가 어렵다. 시내에서 들어오는 버스는 하루에 4번 있는데 원하는 곳에 가려면 갈아타야 하고, 시간 맞추기도 쉽지 않다. 순천보다 훨씬 외진 시골이나 섬마을은 더할 듯하다. 그래서 '농촌유학'이 한 번쯤 도전해 볼 만한 좋은 프로그램일지라도 차가 없거나 운전을 못 하는 학부모에게는 추천하기 곤란하다.

시골에서는 아침형 인간이 되어야 한다. 1학기를 지내는 동안 농촌에서 봄, 여름을 보냈다. 해가 일찍 뜨니 마을 분들은 이른 아침부터 분주하게 움직이신다. 새벽 5시 전후로 경운기와 트럭이 지나다니고, 6시 30분이면 마을 방송이 흘러나온다. 눈부신 아침

햇살도 아침잠을 깨울 뿐 아니라, 텃밭의 잡초도 늘어지고픈 나를 일으켜 세운다. 9시만 되어도 강한 햇살에 밭일하기가 어려워진다. 아이들이 보통 7시 30분에 일어나 등교 준비를 해야 하므로 1주일에 1~2번은 6시 30분부터 풀 매러 밭에 갔다. 대신 깜깜한 밤엔 할 일이 없어 아이들과 함께 일찍 잠이 든다. 원룸이라 TV 시청이나 불 켜고 책 보는 것은 곤란하다. 9시 30분 아이들이 잠자리에 들면 나의 하루도 종료된다.

세차는 해야 할까? 말아야 할까? 노란 송홧가루가 흩날리는 봄이 문제였다. 세차하고 하루만 지나도 차가 노란 가루로 뒤덮였다. 해봤자 또 뒤집어쓸 테고, 안 하자니 너무 지저분했다. 연신 워셔액을 뿌려 뿌연 앞 유리를 닦아대니 금방 동이 났다.

새똥도 문제다. 우리 마을 주차장엔 큰 나무가 있다. 주차장 절반은 나무 그늘이 드리워지는데 그 나무가 새들의 아지트다. 되도록 나무와 멀찍이 주차하지만, 자리가 없는 경우 어쩔 수 없이 나무 그늘아래에 주차한다. 그런 날은 자동차가 새똥 테러를 당한다. 대충 세어도 20~30군데가 넘는다. 집에서 물티슈 한 통을 들고나와 차에 묻은 오물들을 닦아냈다. 지붕을 닦을라치면 문 네 짝 중 가까운 쪽을 열어가며 밟고 올라서서 손을 최대한 뻗어 닦아야 했다. 짧은 내 팔, 다리가 참으로 원망스러웠다.

토마토, 가지, 고추, 옥수수, 부추 등 텃밭의 채소들 잘 자라라고 뿌린 퇴비에 가장 신난 것은 불청객 잡초다. 날이 더워지면 더욱더 기승이다. 비가 내린 다음 날은 영양제라도 먹은 듯 쑥 자라 있다. 눈에 띄게 쑥쑥 커가는 옥수수보다 더 빠른 성장 속도를 보인다. 날은 더운데 풀은 매도 매도 끝이 없다. 텃밭뿐 아니라 앞 화단에도 꽃 사이사이 잡초가 넘쳐난다. 텃밭은 정성스레 가꿨지만, 화단은 어느 순간 포기해버렸다. 어느 날 마을을 둘러보러 오신 면장님이 이런 우리 집 화단을 보고 우스갯소리를 하셨다.
"그냥 꽃을 뽑고 잔디라고 우겨!"

시골의 여름은 딱 한 마디로 표현할 수 있다.
"벌레와의 전쟁!"
하루살이, 모기, 나방을 비롯하여 날벌레들 천지다. 저녁에 천장을 올려다보면 전등에 까만 벌레들이 우글우글 붙어 있다. 어두워지고선 문을 열지도 않았는데 어디서 들어왔는지 모르겠다. 혹시 창틀 물구멍으로 들어왔나 싶어 막아보았다. 그래도 어디론가 들어왔다. 우리 집 창문은 미세방충망이 아니라서 방충망 사이로 작

176

은 벌레들이 많이 들어온 것이었다.

우리 마을은 한여름에 최저 기온이 21~23도로 열대야가 거의 없다. 한낮에는 집 안 온도가 33도가 넘어가게 너무 덥지만, 해가 진 후엔 네 군데 창을 다 열어놓으면 선선한 바람이 불어와 참 좋다. 그런데 벌레 때문에 시원한 자연 바람을 포기했다.

나만의 벌레 퇴치 요령이 생겼다. 모기를 제외하곤 보통 빛을 쫓아 움직인다. 불빛을 보고 방충망 사이로 들어오는 작은 날벌레들을 피하려고 어둑어둑해지면 창문을 전부 닫고 에어컨을 켰다. 아이들이 자리에 누우면 화장실 불을 제외한 모든 불을 끈다. 우리 집의 유일한 단절된 공간이기 때문이다. 잠시 후면 집 안에 있던 날벌레들이 전부 화장실로 들어가 전등에 붙어 있게 된다. 청소기를 분리하여 화장실로 들고 들어가 문을 닫고 천장에 붙어 있는 벌레들을 싹 빨아들이면 대부분 날벌레는 정리가 된다. 열심히 놀다 잠든 아이들은 깊이 곯아떨어져 청소기 소리에도 깨지 않는다. 그 후에 화장실 불을 끄고 위층 창문을 열고 자면 선선하게 좋다.

다음 날 아침 아래층 창문을 열면 저녁에 방충망을 뚫고 들어오려 애를 쓴 날벌레 사체들이 창틀에 널려있다. 이를 처리하는데도 청소기가 유용하다. 밤에 나갈 일이 있으면 꼭 집 안의 불을 다 *끄고* 나간다. 들어올 때는 안에 있는 사람에게 불을 *끄라*고 알린 후 들어온다. 그러면 최소한 집안 불을 보고 확 따라 들어오는 벌레들은 막을 수 있다.

날벌레뿐만 아니라 지네나 그리마(설랭이), 공벌레, 각종 이름 모를 벌레들도 종종 본다. 옆 유학생 집은 문을 열었는데 천장에서 사슴벌레가 뚝 떨어졌다고 했다. 낮에 밖에서 보면 방충망 사이에 끼어 죽은 벌레들도 엄청 많다. 예전에는 징그럽다고 소리쳤을 법도 한데 시골살이 반년에 웬만해선 놀라지 않는다.

순천에서 주말 나기

　금요일 오후, 아이들이 학교에서 돌아오면 친정으로 향한다. 주말에 엄마와 함께 시간을 보내기 위해서다. 엄마를 위해서가 아닌 엄마가 해주신 밥 먹고 일주일 치 반찬 챙기러 다니는 철없는 딸래미다. 엄마 앞에서는 나도 아기가 된다. 손주들을 "내 강아지"라며 귀여워하시는 엄마는 불혹을 넘긴 철딱서니 딸이 "엄마, 나는!"이라며 머리를 들이밀면 "우리 큰 강아지도 이쁘지"라고 하신다. 토요일 오전마다 가는 연향도서관이 친정에서 훨씬 가깝기 때문이기도 하다. 친정이 순천역과 순천종합버스터미널에 각각 도보 10분 정도의 거리에 자리 잡고 있어서 남편이 밤에 오기에도 좋다. 월등은 구례구역이 가깝지만, 밤에 도착하면 아이들만 두고 데리러 가야 해 친정과 가까운 순천역으로 다닌다. 남편이 엄마와 허물없이 지내는 사이라 월등 집보다 친정을 더 편하게 여겨 남편도 친정으로 오는 것을 더 좋아한다. 그냥 여러 말 필요 없이 엄마가 계시는 우리 집이 좋다.

친정 근처에는 순천에서 가장 유명한 5일 장이 있다. 전국 최대 규모 5일장 중 하나인 '아랫장'이다. 내가 어릴 때 순천으로 이사 와서 이곳에 터를 잡은 이유가 '아랫장'이 가까워서였다. 요리 잘 하는 옛날 사람인 엄마에게 시장은 주거지를 결정 지을 가장 큰 조건인 것이었다. 가끔 친정에 있는 주말에 2일, 7일 장날이 걸리면 아이들은 할머니를 따라 시장 구경에 나선다. 이것저것 구경하느라 눈도 바쁘고 고개도 바쁘다. 엄마는 입이 바쁘시다.

"이거 얼마다요? 세은아! 이리와! 여기 사람 많아서 잃어블믄 큰일 나!"

"선우야, 뭐 먹고 싶냐? 세은이 먹고 싶은 거 다 말해 할무니가 사줄게."

선우, 세은이는 양손 가득 과일, 빵, 호떡, 번데기를 얻어 들고 할머니 손을 잡고 졸래졸래 집으로 들어오곤 했다.

순천 별량에 가깝게 지내는 친척 언니가 있다. 촌수로는 조금 먼 편이지만 어릴 때부터 한동네에서 자라 친자매처럼 지낸다. 언니에게는 3학년 딸 민주가 있는데 아이들 아기 때부터 순천에 내려올 때마다 같이 놀곤 했었다. 월등으로 내려와서는 남편이 내려

오지 않는 주말엔 항상 함께 놀다 하룻밤 자는데 언니와 나도 즐겁지만, 아이들이 정말 좋아한다. 친정엄마 댁에서 함께 잘 때도 있고, 월등 우리 집에서 자기도 하는데(우리 집은 4명 정원이라 잘 곳이 좁아 민주만 온다) 대부분은 언니네 집에서 자고 온다. 선우가 드세지 않고 부드러운 성격이라 여동생들과도 잘 어울려 논다. 몸으로 놀기도 하지만 함께 그림 그리거나 만들기를 하고 노는 경우도 많다. 셋이서 만화 캐릭터를 만들어 이야기를 지어 만화를 만들었다. '한국 쓰레기 히어로'라는 만화인데 지구 환경 지킴이 주인공이 쓰레기를 치우는 이야기이다. 여기에서 선우의 '오빠미'가 발산된다. 동생들이 스케치북에 그림을 그려주면 선우는 컴퓨터 파워포인트로 캐릭터를 그리고 색을 입혀 화면상에 움직임까지 보여준다.

선우가 고학년이 되면서 2, 3학년 여자아이 둘이서만 함께 하는 시간도 많아졌는데, 만화에서 만들었던 본인들 캐릭터를 종이 인형 놀이로 확장시켰다. 종이에 캐릭터 기본 얼굴과 몸을 그려 마커로

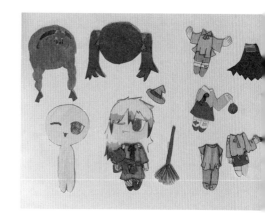

색칠한 다음 접착 처리가 된 코팅 필름을 양쪽에 붙여 가위로 오린다. 머리 모양, 옷, 소품 등도 같은 방법으로 해서 만들면 '인형 옷 갈아입히기' 놀이가 되는 것이다.

이 외에도 아이들은 함께 도서관에서 책을 읽거나 언니네 집 근처에 있는 할머니 텃밭에서 놀기도 한다. 물놀이도 하고 때론 나들이도 같이 다니며 셋이 남매처럼 잘 지낸다. 우리가 서울로 돌아가면 혼자 남겨질 민주가 걱정되기도 한다. 만남과 이별을 경험하며 더욱 성숙하게 자라나겠지.

남편은 2~3주일에 한 번 순천에 온다. 금요일 퇴근 후 KTX로 내려와 토요일은 온종일 함께 보내고 일요일 저녁 KTX로 돌아간다. 남편이 오는 주말 토요일이면 항상 나들이를 간다. 5월부터는 토요일 오전에 도서관 수업이 있었기에 남편과 함께 도서관에 가서 남편이 끝날 시간에 맞추어 도서관 근처에서 김밥과 커피, 레모네이드를 사서 대기하면 바로 출발했다. 아이들은 차에 타서 김밥과 레모네이드를 먹으며 재잘재잘. 나는 운전하는 남편 한입 먹여주고, 나 한입 먹고 그렇게 드라이브 간다. 목적지까지 가는 가장 설레는 시간이다. 가끔은 친정엄마와 함께 다니기도 한다.

보성 녹차밭과 율포 해수욕장, 고흥만과 소록도, 남해바다와 독일 마을, 담양 죽녹원과 메타프로방스, 순창 채계산 출렁다리와 푸드사이언스관, 화순 고인돌공원, 여수 해양레일바이크와 오동도 유람선, 곡성 기차마을과 섬진강 레일바이크……

순천에도 순천만 습지와 국가정원, 낙안 민속촌, 드라마 촬영장 등 갈 곳이 많지만 방학 때 내려올 때마다 가본 곳이라 농촌유학 기간에는 주로 다른 지역으로 많이 다닌다. 1시간 30분 이내로 갈만한 곳이 참 많다. 경상남도도 생각보다 가깝다. 아직 못 가본 곳들은 추위가 오기 전에 열심히 다녀야겠다.

지난봄 보성 다녀오는 길에 순천 와온 해변에 들렀다. 일몰이 아름답기로 유명한 해변인데 그동안 다녀올 기회가 없었다. 해변이라 해서 조금 전 다녀온 율포 해변 같은 해수욕장을 생각했는데 조업을 하는 바닷가였다. 1시간 정도 둘러보니 선우는 이미 지루해진 모양인데 세은이가 해넘이를 꼭 봐야 한다 해서 해가 질 때까지 기다렸다. 한번 넘어가기 시작한 해는 카메

라 셔터 누르기가 무섭게 아래로 아래로 숨어 들어갔다. 나무 데크에 기대서서 지는 해를 바라보는 아이들 뒷모습을 보았다. 언제 이만큼 컸을까? 대견하면서도 서운하다.

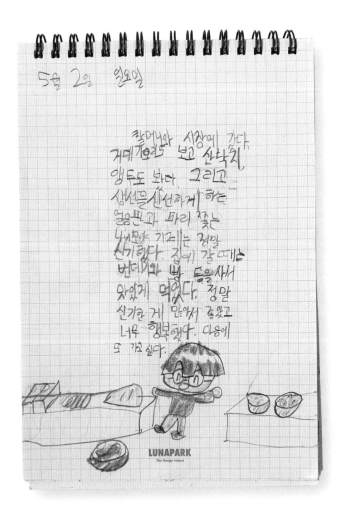

5월 22일 토요일

　가족과 율포 해변에서
게도 보고 발도 물에 담그고
놀았다. 처음엔 무서웠지만
하다보니 게를 잡게 되었다.
그 다음엔 카페에서 초코칩
프라페를 먹었다. 그리고 와온
해변에서 산책을 하다가 해가
산에 걸친 장면을 보았다.
정말 아름다웠다. 정말
즐거운 하루였다.

안녕

LUNAPARK
The Design Island

순천에서 도서관을 만나다

아이들을 키우면서 도서관을 좋아하게 되었다. 특히 밖에서 노는 것이 쉽지 않은 날 아이들이 나가자고 채근하면 추우나 더우나 만만하게 가는 곳이 집 근처 도서관이었다. 그러다 조금 지루해지면 옆 동네 도서관도 가고, 밖에서 놀고 싶으면 놀이터가 있는 도서관엘 갔다. 큰아이에게 영어 그림책을 읽어주면서부터는 아이들을 학교, 유치원에 보내고 나 혼자 장시간 다녀올 때도 많았다. 우리 지역 사서 선생님들이 어느 도서관으로 이동했는지 다 꿰뚫을 만큼 도서관을 동네 마트보다 많이 다녔다.

MBC 느낌표 '책책책 책을 읽읍시다!'

2000년대 초반 김용만, 유재석씨가 진행하던 인기 TV 프로그램이다. 방영 당시 전국에 책 읽기 붐이 일었는데 후반부에는 독서환경이 열악한 지역에 어린이 도서관을 세우는 '기적의 도서관'

사업을 추진했었다. 그렇게 'MBC 느낌표', 민간단체 '책 읽는 사회 만들기 국민운동', 건축가 정기용씨가 지방자치단체와 의기투합해서 만든 전국 1호 기적의 도서관이 순천에 세워졌다. 인구 30만이 채 되지 않는 순천에 기적의 도서관을 필두로 그림책도서관 등 도서관이 8개나 있다. 작은 도서관까지 합하면 50개가 넘는다. 도서관 접근성이 국내 어느 도시보다 좋다고 할 수 있다.

방학 때 순천에 내려올 때마다 1주일 중 하루 이틀은 꼭 도서관에서 보냈다. 특색 있고 재미있는 도서관들이 많으니 아이들은 도서관에 갈 때마다 문을 닫아야 나왔다. 한 가지 안타까웠던 점은 순천 시민이 아니라서 도서관 회원카드가 없어 빌려볼 수가 없는 것이었다. 친정엄마 카드를 만들어 들고 다닐까 생각도 해봤지만, 순천은 서울 내가 살던 지역과는 다르게 회원증에 사진이 인쇄되고, 대출 시 꼭 본인 확인을 한다.

순천으로 내려와 전입신고를 하자마자 뒤에 순천 주소가 붙은 신분증을 들고 제일 가까운 도서관에 갔다. 일단 내 카드부터 만들고 아이들 카드를 만들려고 했는데 순천은 인당 30권이나 대출이 된단다. 우리 아이들은 휴대전화가 없어서 만들려면 면사무소에서 공공 아이핀을 발급받아야 해 번거로웠는데 연체만 하지 않으면 카드 1장으로도 충분한 듯했다. 서울 도서관보다 좋은 점은 더 있다. 휴관이 월에 한 번이다. 내가 다닌 서울 도서관들은 매주 월요일이나 화요일에 휴관하였다. 순천 도서관은 월 1회 정기 휴관일과 공휴일에만 문을 닫는다. 주차장이 넓은 점도 마음에 든다. 서울 도서관의 주차장은 아주 협소하여 문 여는 시간에 맞추어 가지 않으면 주차 공간이 남아 있지 않았다. 세 식구 한글책, 영어책 다 빌려 가면 보통 20권이 훌쩍 넘어가서 버스보다는 자가용을 이용해서 다녔다. 혼자 갈 때는 주차를 위해 개관 시간 9시에 맞추어 갔었다. 오후에 아이들과 함께 갈 때는 아이들만 먼저 들여보내 놓고 근처 아파트에서 대기하다 자리가 나면 주차하고 올라가곤 했다. 그러나 여기서는 그럴 필요 없이 주차 공간이 많아 좋다. 한 가지 불편한 점은 있다. 대출 연장이 되지 않는 것이다. 간혹 2주 이상 봐야 하는 책이 있는데 카드도 1개라 어쩔 수 없이 반납해야 한다.

도서관은 책만 읽는 곳이 아니다. 도서관마다 다양한 강의 프로그램들을 운영한다. 책과 관련된 수업이 대부분이지만 체험프로그램이나 만들기 프로그램, 음악회, 명절 행사, 인형극까지 아주 다양하다. 아이들과 책 읽으러 자주 다니면서 도서관 강좌에도 관심 갖게 되었고 애들을 학원에 보내는 대신 도서관 프로그램과 도서관에서 빌린 책들로 교육하기에 이르렀다. 나도 성인 대상 여러 강의를 들었고, 수업에서 만난 사람들과 그림책 동아리를 만들어 활동하기도 했다.

순천에 와서 회원증을 만든 후, 서울에서 그랬듯이 도서관 홈페이지를 기웃기웃하던 내 눈에 들어온 강좌가 있었다. 가족당 1책 만들기 프로그램인 연향도서관의 '가족이 함께 쓰는 삶의 이야기'였다. 인생에서 소중한 추억이 될 이번 농촌유학 생활에 대한 기록을 남기고 싶다는 마음이 있었다.

그러나 주입식 교육의 폐단일까, 굳이 할 필요가 없는 일은 나의 귀찮이즘을 이기지 못하고 계속해야지 해야지 생각만 하다 시간만 보내고 있었다. 결국, 나 스스로에게 강제성을 부여하기 위해 이리저리 찾아보던 중 이 프로그램을 만나게 된 것이다. 우리가 농촌에서 살았던 때를 기록한 책이 나온다면 나와 우리 아이들의 인생에 큰 선물이 될 것 같았다.

먼저 프로그램 신청 오픈 전에 도서관에 전화를 걸어 2, 5학년 아이들과 함께 들어도 되는지를 물었다. 2학년은 어려서 힘들겠지만 5학년은 가능하다는 답변을 받고 신청일을 기다리다 첫날 1번으로 신청했다. 신청해놓고 나니 걱정이 앞섰다.

'내가 글쓰기라니! 잘할 수 있을까?'

수업 첫날 강의를 들으러 도서관에 갔다. 우리 가족을 제외하곤 전부 부부가 가족 글쓰기에 참여하셨다. 강의 목적도 가족 간의 자전적 글쓰기로 서로를 이해하는 시간을 갖는 것이었다. 내가 원하던 방향이 아닌 것 같아서 강사이신 임재성 작가님께 농촌유학 생활을 글로 써도 되는지 물었다. 다행히 작가님께서 허락하셨다. 다만, 수업은 부부간 글쓰기 중심으로 진행이 되니 이해 바란다고 하셨다. 그로부터 매주 토요일 오전에 두 아이를 데리고 성실히 수업에 참여했다. 물론 초반 글을 본격적으로 쓰기 전에는 '전부 부부가 수업 듣는데 그냥 그만둘까?' 하는 마음이 들었던 것도 사실이다. 그때를 이겨내고 나니 작가님의 도움 아래 생애 첫 책 쓰기에 도전할 수 있었다.

수업 후반에는 심리상담전문가 김모라 박사님이 오셔서 3주에 걸쳐 심리 수업을 진행해 주셨다. 그중 마지막 수업이 가장 기억에 남는다. 강사님께선 종이 3장에 내가 가장 행복했을 때를 각각 그려보라고 하셨다. 나는 주저 없이 선우와 세은이를 출산하던 순간을 그렸고, 남은 한 장에는 우리 가족이 바닷가 놀러 갔을 때를 그렸다. 둘 다 조기 진통으로 병원에서 고생하며 낳았지만, 우리 선우, 세은이 만난 날이 내 인생 최고의 순간이었으니까. 그림을 다 그린 후 강사님께선 앞에 자리를 마련해 나오라고 하셨다. 무대에 앉아 서로에게 그림을 보여주고 행복했던 때를 얘기해주었다.

선우의 그림을 본 순간 미안한 마음에 눈물이 났다. 선우는 가장 행복했을 때로 엄마가 안아줄 때, 엄마와 단 둘이 전시회 데이트했을 때, 자면서 엄마 생각할 때를 그렸다. 아이가 엄마와 함께한 순간이 가장 행복하다고 얘기하며 눈물을 흘리는데 마음이 아팠다. 세은이 태어나기 전, 그렇게 애지중지 물고 빨던 아이였는데, 동생이 생기면서 엄마의 사랑을 빼앗겼다. 바라던 딸인데다 아기였으니 아무래도 정이 더 갔다. 속으로는 항상 선우에게 더 사랑을 줘야지 생각하지만, 되레 더 혼내고 오빠니까 양보를 강요했었다. 나중에는 이게 당연시되어 잘 고쳐지지 않았다. 겉으로는 아이들 위하고 자유롭게 놀게 해주는 좋은 엄마인 척하지만, 사실은 아이 내면에 상처 주는 나쁜 엄마인 것 인정한다. 이 수업을 계기로 앞으로 더 많이 안아주고 더 사랑해주리라 다짐해본다.

마지막, 사랑과 화합의 의미로 석고 손 뜨기를 했다. 우리 세 식구 손 모양을 떠 예쁜 보자기 위에 함께 올려놓았다. 선우 손이 맨 아래, 내 손이 선우 손을 감싸고, 위에 세은이 손이 살포시 얹었다. 포개진 우리 세 사람 손을 보고 있자니 뭉클하다. 예쁜 내 아기들 손. 이 손은 평생 꼭 붙잡아야겠다.

이 외에도 순천 도서관에는 좋은 강의 프로그램들이 많이 있다. 초등학생 대상으로 책 읽기 수업이나 만들기 수업도 상당히 잘 되어 있는 편이다. 다만, 안타깝게도 거의 다 수업 시간이 주중 오후 4~6시이다. 우리 아이들은 5시가 다 되어야 집에 오니 욕심나는 수업을 한 번도 신청하지 못했다. 여름 방학 프로그램이 다양하게 많았는데, 이것 또한 대부분 주 1~2회, 4주 수업이었다. 방학을 꽉 채워 프로그램을 구성해서 2주간 서울에 다녀와야 하는 우리 아이들은 들을 수가 없었다. 아직 기회는 있다. 겨울 방학 때 서울로 다시 돌아가기 전에 꼭 한번 프로그램에 참여해 보고 싶다.

2024년 9월 25일

도서관에서 심리수업 때
좋은 순간을 그림으로 그리고
이야기하는 시간을 가졌다.
부끄러울 줄 알았지만
정말 유익했다. 또
석고로 손 따기도 했다.
물을 묻힌 석고를 손에 발라
손 모양을 만들었다. 정말 신기했다.

오늘은 정말 따뜻하고
유익한 수업이었다.

9월 25일 토요일

도서관에 가서 가족 글쓰기 수업을
들었다. 재미있었던건 행복한 날을
그리는 것과 석고 뜨는 것이었다.
원래 3장 이었는데 생각이 잘
안나서 2장밖에 못했다. 그래도
재미있었다. 석고는 손에 천을 물에 묻혀
그리고 손에 접겹이 붙인다. 군으면 손이 마비된것 같다. 그런데 그게
떼고 사진을 찍었다. 같다. 이제

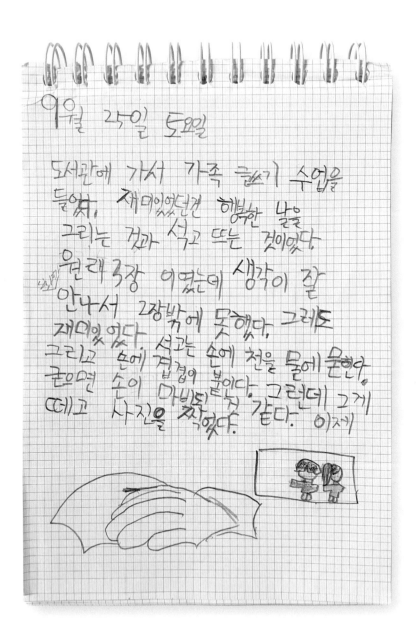

194

농촌유학 연장하기

처음 우리 가족이 순천 월등으로 내려올 때는 1학기만 머물 예정이었다. 혼자 지내야 하는 아빠와 서울 친구들을 두고 내려가야 하는 선우를 위한 결정이었다. 그러나 전학 첫날 학교에 다녀온 세은이는 다시 오빠를 설득하기 시작했다.

"오빠, 오늘 학교에서 너무 재밌지 않았어? 급식도 맛있고, 그냥 우리 2학기 연장할까?"

"야! 나 친구들한테 2학기 때 온다고 약속했단 말이야. 안 돼!"

"치, 연장하고 싶은데……"

그로부터 학교에서 체험학습을 가거나 재밌는 활동을 할 때, 동네에서 신나게 놀았던 날마다 세은이는 슬쩍슬쩍 오빠에게 마음을 드러냈다.

"오빠, 체험학습 너무 재밌었지? 서울 다시 가면 체험학습 못 가는데……"

"오늘 개구리 잡기 재밌었지? 계속 있으면 좋겠다……."

"오빠 캠프파이어 또 하고 싶지? 연장하면 좋은데……."

단호하게 안 된다던 선우도 여기에서 생활이 맘에 드는지 점점 흔들리는 눈치였다. 3월 말경에 서울 친구와 전화 통화하는 소리가 들렸다.

"나 어쩌면 2학기 연장할지도 몰라……."

통화를 끝낸 선우가 난감한 표정으로 말을 전했다.

"엄마, 나 연장할지도 모른다니깐 친구들이 안 된다고 올라오래요."

"너는 연장하고 싶어?"

"여기 있으면 연장하고 싶은데, 친구들이랑 통화하면 가야할 것 같고 아 모르겠다!"

간절히 연장하고 싶은 세은이와 갈팡질팡하는 선우. 내려올 때와 같은 상황이었다.

"그럼 우리 한 달 정도 잘 생각해 보고 5월 초에 결정하자."

뜻하지 않게 유학 연장 여부를 결정해야 하는 순간이 빨리 찾아왔다. 도서관 프로그램을 살펴보던 중 연향도서관의 '가족이 함께 쓰는 삶의 이야기'를 발견했다. 이 프로그램을 통해 농촌유학

생활에 대한 기록을 남기면 좋을 것 같은 생각이 들었다. 그러나 긴 강좌 기간이 걸림돌이었다. 가족 글쓰기 수업은 5월부터 10월까지 꽤 긴 시간 동안 대면 강의가 진행된다. 이 강좌를 듣기 위해서는 유학 연장을 꼭 해야만 했다. 그날 저녁 선우에게 내 의향을 내비쳤다.

"선우야, 엄마가 도서관 수업을 하나 찾았는데 가족이 책 한 권 같이 쓰는 프로그램이야. 우리 농촌유학 생활에 대해서 같이 책 쓰면 어떨까? 이미 너랑 세은이는 농촌 생활 일지도 쓰고 있으니까 조금만 더 노력하면 될 것 같은데. 우리 소중한 경험을 써서 책으로 만들어 놓으면 얼마나 좋겠어?"

"어 좋을 것 같아요, 나 해볼래."

"그런데 문제가 있어. 이거 프로그램이 꽤 길어. 5월부터 10월까지 매주 토요일마다 도서관 가서 수업을 들어야 해. 그러려면 2학기 연장해야 하는데 괜찮겠어?"

"연장하고 들어요, 나 사실 연장하고 싶었어. 여기 너무 재밌잖아."

5월 말경에 학교 가정통신문을 한 장 받았다. 농촌유학 연장 여부를 묻는 공문이었다. 2학기 유학생 모집을 위해 한 달 앞서 기존 유학생들의 연장 여부를 확인했다. 연장할 유학생들은 제외하고 농촌유학을 마치고 돌아가는 학생들의 공석을 2기 유학생 선발로 채울 계획인 것이다.

지난 1학기에 참여한 82명의 유학생 중 약 70%인 57명이 돌아가지 않고 2학기에 남기로 하였다. 돌아가는 학생 중엔 6학년이 특히 많았다. 6학년은 연장을 하면 유학 온 학교에서 졸업해야 하는데 그렇게 되면 서울에서 중학교 배정을 받을 시에 거리상 불이익을 받을 수 있다고 한다. 우리 학교도 6학년 두 명이 아쉬움 속에 돌아가고, 다른 학년 학생들은 모두 남았다.

여름 방학이 되었다. 우리는 그동안 순천에만 있었기에 방학을 이용하여 2주간 서울에 다녀오기로 하였다. 그간 방학 때 순천 할머니 댁에 왔다 갈 때마다 눈물을 찔끔찔끔 흘리던 감성적인 선우가 이번엔 울지 않았다.

집으로 가는 차 안에서 본 서울 야경이 낯설었다.

"불빛이 진짜 화려하다."

"엄마, 밤인데 너무 밝아."

5개월 만에 돌아온 집은 참 넓어 보였다. 아이들도 같은 생각인가보다.

"엄마, 우리 집이 이렇게 넓었나? 좁은데 살다 오니 집도 넓어 보이고 좋네."

"엄마, 월등이 다 좋은데 집만 우리 집이랑 바꾸면 좋겠어."

코로나 확진자 수가 네 자릿수로 나오면서 서울과 수도권은 사회적 거리두기가 4단계라 서울에서는 거의 집에만 있었다. 돌아온 지 며칠 지나지 않아 선우가 나를 재촉했다.

"엄마, 얼른 월등으로 내려가고 싶어요."

"왜? 심심해서?"

"그것도 있는데 여기서는 코로나 걸릴까 봐 무서워. 월등에선 코로나 걸릴 것 같은 생각 한 번도 안 들었는데."

2주 만에 다시 순천으로 내려가는 날이었다. 아빠가 차에 짐을 싣는 동안 두 아이가 밤바람을 맞으며 베란다에 서서 인사를 했다.

"우리 아파트 안녕! 앞에 식당도 안녕! 저 앞 신호등도 안녕! 가로수도 잘 있어~~"

"서울에서 보이는 달님도 안녕! 안보이지만 별님들도 안녕! 월등에서 다시 만나~~"

아빠가 퇴근하고 돌아온 금요일 밤 10시가 다 되어 출발했다. 일주일 여름휴가 동안 아빠와 같이 순천에서 보낼 생각에 한껏 들뜬 아이들이었다.

"아빠, 신나는 노래 틀어주세요!"

우리는 월등에서 오롯이 1년을 보낼 수 있음을 감사했다. 월등의 봄은 분홍빛이 가득했다. 벚꽃의 연분홍도, 진달래의 진분홍도 아닌, 복숭아꽃의 분홍! 적당히 여리다 적당히 진해지는(복숭아꽃은 수정이 되면 색이 진해진다.) 그 분홍빛 복사꽃의 향연은 서울에서 내려온 우리를 반가이 맞아주었다.

여름은 초록 초록 초록이다. 마을을 둘러싼 산도 초록, 햇빛을 가득 머금은 나무의 잎사귀도 초록, 한창 커가는 감나무의 감도 초록, 가을이면 짙은 밤색이 될 밤송이도 아직은 여린 초록이다. 하물며 텃밭의 골칫거리인 잡초마저 초록색이다.

가을과 겨울에 월등은 또 어떤 색을 보여줄지 기대된다. 아마 가을은 저 이쁜 초록들이 알록달록 빨갛고 노랗게 변할 것이고, 겨울엔 하얗게 뒤덮이겠지? (월등은 분지 지형이라 겨울에 순천 시내보다 기온이 3~4도 정도 낮고 눈도 자주 내린다고 한다. 반면 순천 시내는 눈이 거의 오지 않는다) 농촌 유학이 끝나는 날 월등의 4계절 4색을 가슴에 잘 담고 돌아가야겠다.

3월 29, 30일

복실복실

「복사꽃」

복사꽃이 폈다.

새하얀

매화도 닮고,

은은한

벚꽃도 닮고

탱글한

복숭아열매같기도 하다.

봉덩이같은

복사꽃이 폈다.

LUNAPARK
The Design Island

5장

농촌유학을 보내고 있는
선우와 세은이 이야기

나는 유치원 때부터 자연을 경험했던 터라 농촌에 있는 숲과
동물들을 만났을 때 잘 적응한 것 같았다. 농촌 유학을 처음 왔을 땐
'진짜 내가 이런 곳에서 사나? 여기서 무슨 일 생기면 어쩌지?' 하는
생각도 들었지만 넓은 마당과 푸른 숲, 시원한 냇가가 있어 너무
반갑고 좋았다. 처음에는 망설였지만 농촌유학을 막상 와보니
너무 신나고 좋은 일만 있을 것 같다.

내가 농촌유학을 결심한 이유

　작년 연말쯤 엄마가 농촌유학을 가자고 했다. 그때 나는 무슨 말인지 이해가 안 됐었다. 살던 집과 가족을 두고 농촌에 가서 6개월 정도 살자니. 하지만 이제는 '그때 가지 않겠다고 계속 고집을 부렸으면 얼마나 후회했을까'라는 생각이 든다.

　처음에는 농촌유학을 가기 싫은 마음이 더 컸었다. 농촌유학을 가면 원래 친했던 친구, 친척과 떨어져야 했다. 서울에서의 삶도 싫게 느껴지진 않았다. 게다가 가족체류형으로 신청해서 아빠는 직장 때문에 서울에 있겠다고 했다. 그래서 아빠까지 자주 못 보며 굳이 갈 필요는 없다고 생각했다.

　그때 처음으로 나를 설득한 사람은 바로 내 동생이었다. 내 동생은 신청 당시 1학년이었는데 코로나로 인해 학교에 제대로 못 갔다. 그래서 내 동생은 농촌유학을 가면 학교에 매일 갈 수 있다는 말에 정말 가고 싶어 했다. 내 동생은 "오빠는 학교 매일 가고 싶지 않아?"라며 나를 계속 설득했다.

나는 유치원 때가 생각났다. 유치원이 '숲유치원'이라 그때는 자연에서 많이 놀았었다. 그래서 다른 아이들보다 자연을 많이 경험했었다. 지금은 숲은커녕 밖에 나가기도 쉽지 않은 상황이라 자연 속에서 놀고 배우는 그때가 그리워졌다. 그때부터 조금씩 농촌유학을 가고 싶어졌다.

하지만 친구들과 1학기 동안 헤어지는 점은 계속 마음에 걸렸다. 엄마는 농촌유학이 있다는 것을 알려주기만 했다. 그 외에 딱히 가자고 강요하지는 않았다. 내 동생은 농촌유학에 대해 어필하고 내가 마음을 돌리도록 열심히 꼬드겼다. 그렇게 며칠 뒤 고민을 끝내고 결국 농촌유학을 가기로 결심했다.

우리는 가족체류형으로 할머니 댁과 가까운 순천 월등초등학교에 유학 신청을 했다. 얼마 뒤 우리는 원하던 월등초등학교에 배정을 받았다. 그렇게 친구들, 가족, 친척들과 작별 인사를 하고 짐을 쌌다. 순천에는 할머니 댁이 있다. 모든 짐을 할머니 댁으로 옮기고 다시 그것을 차로 30분 정도 걸리는 월등면 스틸하우스로 가지고 가서 짐을 풀고 정리했다.

이사 간 첫날, 같이 유학 온 2명의 동갑내기 친구들을 만나 마을을 둘러보며 같이 놀기도 했다. 개학 후 학교에 처음 갔을 때 전에 만나 논 친구들과 다시 만나 더욱 친하게 지낼 수 있었다.

나는 유치원 때부터 자연을 경험했던 터라 농촌에 있는 숲과 동물들을 만났을 때 잘 적응한 것 같았다. 농촌 유학을 처음 왔을 때 '진짜 내가 이런 곳에서 사나? 여기서 무슨 일 생기면 어쩌지?' 하는 생각도 들었지만 넓은 마당과 푸른 숲, 시원한 냇가가 있어 너무 반갑고 좋았다. 처음에는 망설였지만 농촌유학을 막상 와보니 너무 신나고 좋은 일만 있을 것 같다. 이렇게 나는 서울을 떠나 순천 월등으로 농촌유학을 오게 되었다.

3월 2일 화요일

새 학교에 갔다.
이름은 율동초등학교다. 나는 작은
학교에 시설은 많고 좁다는 것에 한 번,
반에 4명이라는 것에 또 한 번 놀랐다.
나는 이 학교가 정말 좋았다.
이곳에서 어떤 일이 일어날지 벌써
마음이 설렌다.

LUNAPARK
The Design Island

208

월등에서의 학교생활

월등에서의 학교생활은 정말 만족스럽다. 나는 월등초등학교가 서울에서 다니던 학교보다 좋다는 생각을 많이 한다. 나는 여기에서 지내고 생활하며 많은 것을 배웠다. 월등은 복숭아가 유명한 지역이다. 왜냐하면 주변에 산으로 둘러싸여 있는 분지 지형이라 열이 잘 유지되기 때문이다. 그래서 학교에서도 복숭아 키우기 프로그램을 한다. 먼저 4월 초에 열매의 수를 줄이는 꽃따기 작업을 한다. 꽃따기는 나중에 나오는 열매의 수를 줄여서 열매를 더 크고 맛있게 만드는 작업이라고 한다. 가지에 있는 꽃 중 가장 위·아래에 있는 1~3개를 톡 따면 된다. 그냥 꽃만 따는 것이라서 별로 어렵지 않았다.

다음으로 5월 중순에 열매 솎아주기를 한다. 꽃은 딴다고 해도 열매를 따면 수확량이 줄지 않을까 걱정했는데 이것 역시 나중에 다 자랐을 때 더 크고 맛있는 열매가 나오도록 하는 작업이었다.

이번엔 가지에 열매를 2개 정도만 남기고 다 따야 했다. 생각보다 많이 따야 하고 게다가 날씨도 더워서 힘들었지만 처음 해보는 경험이기에 즐거운 마음으로 열매 솎아주기를 했다. 사실 너무 많이 따서 아까운 생각도 들었다.

5월 말~6월 초에는 복숭아 봉지 씌우기를 한다. 봉지는 곤충과 비 등을 막아주고 복숭아를 달게 하는 효과도 있다고 한다. 봉지를 씌우려면 봉지를 벌려 열매를 감싸고 철사로 고정해야 한다. 그런데 철사로 고정하다 봉지가 찢어지고 고정이 풀리기도 해서 복숭아 키우기 작업 중에선 가장 어려웠던 것 같다.

드디어 7월 말에 수확했다. 수확은 복숭아 중에서 밑 부분이 빨갛고 큰 것을 툭툭 따면 되는 것이었다. 어렵지는 않았다. 그렇지만 엄청 더워서 땀을 뻘뻘 흘리며 해야 했다. 다 따고 나서는 상처가 없는 것을 골라 상자에 담은 뒤 각자 1~2상자씩 가져가고 남은 복숭아를 노인복지관에 기부했다. 내가 기른 복숭아라 정말 맛있었고 이렇게 기부를 할 수 있어서 뿌듯한 시간이었다. 마트에서만 보던 복숭아가 자라는 과정을 지켜보고 또, 내 손으로 처음부터 키워내서 신기하고도 소중한 경험이었다.

월등초등학교는 9개의 방과 후 수업을 모두 무료로 해 준다. 방과 후의 종류에는 배드민턴, 사물놀이, 컴퓨터, 중국어, 스포츠댄스, 영어, 피아노, 한자, 드론이 있다. 방과 후 역시 학생 수가 적은 바람에 두 학년이 같이 수업한다. 배드민턴은 기본자세를 배우고 직접 경기도 해보는 시간이다. 사물놀이는 4개의 악기(장구, 북, 꽹과리, 징)로 다 같이 음악을 연주한다. 나는 그중에 북을 친다. 컴퓨터는 타자와 PPT 등을 연습하는 곳이다. 중국어는 동화 등으로 재미있게 가르쳐주셔서 처음 배우지만 별로 어렵지 않다. 또 스포츠댄스와 피아노도 배운다. 영어와 한자는 학습지 같은 책으로 공부하고, 마지막 드론은 드론, 로봇과 코딩을 배우는 시간이다. 나는 그중에서도 배드민턴과 드론을 가장 좋아한다. 배드민턴은 체육을 좋아하는 반 친구들이 모두 같이 할 수 있기 때문이다. 드론은 내가 로봇을 만들고 코딩하는 것에 흥미가 있어서 좋다.

우리 학교의 쉬는 시간은 2교시와 3교시 사이에 20분이 있고,

점심시간에 40분 정도 시간이 있다. 예전에는 쉬는 시간에 6학년 형, 누나들이 자주 들어와서 조금 힘들었는데 다행히 이제는 선생님이 혼내셔서 안 들어온다. 쉬는 시간에는 이야기하거나 교실에 있는 보드게임을 하고 공으로 축구와 볼링도 한다. 그리고 수요일과 금요일엔 쉬는 시간에 체육관에서 놀 수 있어서 배드민턴과 피구를 한다. 나는 월등에서 쉬는 시간을 더 재미있고 알차게 보내는 것 같아서 좋다.

학교에서는 텃밭을 가꾼다. 그게 어마어마하게 큰 텃밭이다. 서울에서도 텃밭을 가꾸었지만, 앞 화단에 조금이었다. 우리 학교 텃밭은 보통 학교의 몇 배는 되어 보이는 크기의 텃밭이다. 여기에 상추, 메리골드, 감자와 고구마, 토마토, 옥수수 등 많은 채소를 직접 심고 기르고 수확한다. 그리고 '도시농부 이화' 선생님들께 텃

밭 가꾸기에 대한 수업도 듣는다. 텃밭에서 직접 키우며 수업하기도 하고, 교실에서 천연 비료 만들기나 수확한 채소로 요리를 만드는

법을 배운다. 가끔 정신없기도 하다. 하지만 텃밭 가꾸는 건 재미있고 흥미롭게 배우는 활동이다.

이곳만의 특색 있는 수업이 또 있다. 영화 수업과 우쿨렐레 수업이다. 먼저 영화 수업은 촬영 기법 등을 학습하고 직접 짧은 영화도 찍어보는 수업이다. 나는 배우 역할을 맡았다. 근데 막상 찍을 때는 안 부끄러운데 찍고 나서 보면 부끄럽다. 그래도 처음 들어보는 수업에 우리가 직접 영화를 만드니 흥미롭고 재미있다. 우쿨렐레는 음악 선생님이 가르쳐주신다. 서울 학교에는 우쿨렐레 방과 후가 있는데 여기서는 그냥 배울 수 있다. 우쿨렐레의 조율과 연주를 배운다. 손이 줄에 걸려서 아프지만 곡을 멋지게 연주할 때는 뿌듯하고 자랑스럽다.

이곳 월등에서 학교생활은 정말 재미있다. 나는 농촌 학교들은 뒤떨어지고 좋지 않다는 편견이 있었다. 그러나 내가 직접 다녀보니 시골 학교들이 뒤떨어진다는 편견이 시원하게 깨졌다. 오히려 시골에 있는 학교가 서울에 있는 다른 학교들보다도 더 좋은 점과 배울 점도 많다는 것을 알았다. 시골 학교생활이 도시에 있는 어느 학교들보다 더 재미있다.

5월 26일 수요일

학교에서 복숭아
보지씨우기를 했다.
복숭아를 봉지에 넣고
끝부분을 돌려 철사로
고정 한다. 이걸 하면
벌레도 막고 더 맛있게
자란다. 나는 내가 그린 봉지들
싸니까 더 킬겁 재미있다.
이제 수확만 남았 다는 게
아십지만 재미있는 시간이었다.

214

시골학교라 좋은 점

우리 학교의 전교생은 고작 40명 남짓이다. 보통 한 학년에 4~10명 정도가 있는 아주 작은 학교다. 워낙 학생 수가 적다 보니 다른 학년과도 수업, 활동을 많이 하고 자연스럽게 전교생과  친하게 지낼 수 있다. 게다가 체육 선생님, 교감 선생님과 교장 선생님까지 다 알고 지내는 건 물론 다른 학년의 선생님이랑 장난도 치는 사이다. 이렇게 우리 학교의 모든 선생님과 친구들이 가족처럼 가깝게 지내는 것 같다.

우리 학교는 코로나 팬데믹인데도 불구하고 체험학습을 알차게 자주 간다. 4월에 '태안사'로 체험학습을 가서 등산하고 고사리를 캤다. 6월에는 여수 '유월드'에 가서 루지를 탄 뒤 놀이기구도 탔다. 또한 1박 2일 수련회에 가서 직접 밥을 해 먹어보고 다양한 활동도 했다. 하루지만 직접 요리와 설거지를 해보아서 정말 뿌듯했다. 이런 어려운 상황에서도 우리 학교는 정말 재미있고 생기 있게 살아가고 있는 것 같아 감사한 마음이 든다.

월등 학교만의 또 다른 특징도 있다. 먼저 인라인스케이트와 보드를 대여받을 수 있는 창고가 있다. 내가 온 지 얼마 안 되었을 때 원래 있던 친구가 안내해 주었다. 우리는 함께 인라인스케이트를 타기도 했다. 처음 타는 인라인스케이트였지만 예전에 아이스스케이트를 배워서인지 어렵지 않게 잘 적응했었다.

또 학생들이 직접 운영하는 자율문방구라는 곳이 있는데 매주 목요일마다 5, 6학년이 돌아가며 판매한다. 여기서 파는 물건과 학용품은 학교 쿠폰이나 실제 돈으로도 살 수 있다. 연필 6자루에 천 원 정도로 저렴하다. 쿠폰은 책을 10권 이상 읽거나 교내 대회에서 좋은 성적을 거두면 받을 수 있다. 월등초는 시골이라 근처에 학용품을 살 문방구가 없어서 만든 정말 재미있는 아이디어라고 생각된다.

우리 학교는 오후에 간식을 준다. 학교에서 간식을 준다니 정말 놀라웠다. 학교가 4시가 넘어야 끝나니까 그사이의 출출함을 달래 주는 좋은 방법 같다. 또 학교생활에 필요한 학용품은 물론 지금까지 학교에서 준 것들이 정말 많다. 운동화, 장화, 모자, 양말, 스카프, 장갑, 심지어 과자까지 다 학교에서 준 것들이다. 유학생들에게는 새 태블릿 pc를 주었다. 하지만 이건 나중에 서울로 돌아갈 때 반납해야 한다.

서울학교와 달리 순천에서는 승마를 배울 수 있다. 4시 10분쯤 학교가 끝나면 유학생 친구들과 차를 타고 승마장으로 향했다. 승마장에서 코치님과 말을 타고 교감하는 법을 배웠다. 말은 휘파람을 불거나 배를 차면 앞으로 가고, 워~ 소리를 내며 양쪽 고삐를 당기면 멈춘다. 또 한쪽 고삐를 당기면 당긴 쪽으로 회전한다. 여기서 고삐는 말을 움직이거나 조종하려고 말에게 잡아매는 줄을 말한다. 그 외에 발을 걸치는 등자, 앉는 부분인 안장 등이 있다. 휘파람을 불기만 해도 앞으로 가고, 워~ 하고 말만 해도 멈추는 말이 참 신기하게 느껴졌다. 열심히 승마 수업을 듣자 이번엔 밖에서 말을 타게 됐다. 정말 설레고 신선한 경험이었다. 말을 타는 것이 무서울 줄 알았고 어렵기만 한 줄 알았지만, 이제는 정말 재미있다.

마지막 날, 우리는 포니3등급 시험을 치렀다. 그동안 배운 자세와 말에 대한 지식을 시험하는 시간이었다. 많이 긴장되었지만, 다행히 모두 합격했다. 승마는 정말 재미있고 좋은 스포츠 같다. 끝나버려서 아주 아쉬운데 기회가 되면 또 배우고 싶다. 원래 있던 친구는 작년에도 했다는데 내년에도 할 수 있어서 부러웠다.

나는 지금까지 모든 학교가 다 똑같이 공부하고, 똑같이 지낼 줄 알았다. 만약 다르다고 해도 이렇게 많이 차이가 날 줄은 상상도 못 했었다. 하지만 서울 학교와 우리 학교는 정말 많은 점이 다르다. 그리고 더 재미있다. 월등초는 정말 특별한 학교다. 나는 우리 학교, 월등초등학교가 정말 좋다.

5월 8일 화요일

학교에서 1박2일 수련회에 갔다. 먼저 짐을 풀고
한영희와 안전수칙 영상을 봤다 그 다음에
점심 도시락을 먹은 뒤, 컬링 쉽을
했다. 아쉽게 우리는 3등을 했지만
멋진 플레이를 (뒤)(에서) 했기에 재미있고
신났다, 그리고 PT로 하는 미디어레크도
재미있었다. 저녁에 우리 삼겹살을 구워
먹었다. 그때 쌈을 엄청 먹어서 좋았다.
밤에는 '나눔도의밤' 활동에서 간단한
게임과 장기자랑을 했다 우리 퀴즈를
냈는데 분위기가 좋... 아쉽지만 다른
친구들 것을 보니 재밌었다. 우린 피곤해서
야식을 먹고 빨리 잤다. (자는데 너무
터졌다) 다음날, 우리는 된장찌개와
볶음 밥을 빨리 먹고 드론 수업을 했다.

드론의 유래와 역사, 종류, 작동법을 배우고
운동장으로 나가서 전원시동을 켜고
천천히 직접 움직여보았다. 드론 조종이
정말 재미있었다. 우리는 퇴소식을 하
학교로 갔다. 수련회가 정말 재미있
었고 직접 살림 하는 것도 흥미로웠다.
다음에도 꼭 가고 싶다.
(이반 효근)

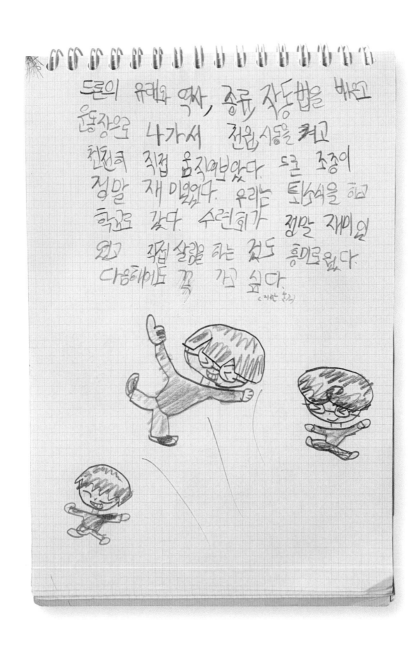

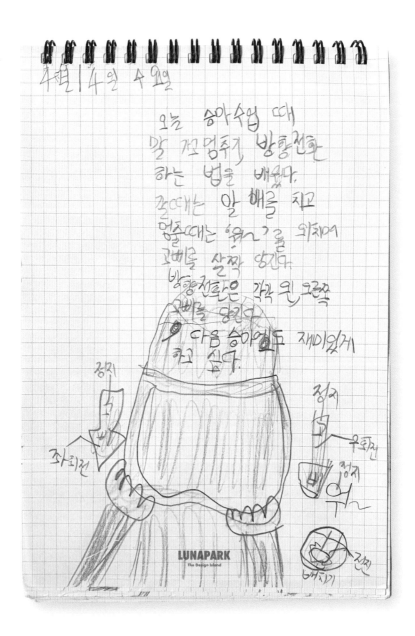

농촌이라 좋아요

　우리 마을은 주동마을이다. 원래 15명 정도가 사는 마을이다. 유학생이 와서 10명 정도 더 늘어났다. 주동마을도 월등의 다른 마을들처럼 복숭아 농장이 많다. 사람들은 인심이 좋다. 우리 집은 작은 복층식 원룸이다. TV, 냉장고, 에어컨 등의 가전은 대부분 제공해 주셨다. 집이 좁지만 아담해서 좋다.

　농촌이라 좋은 것은 신나게 놀 수 있어서이다. 4시 반쯤, 학교가 끝나고 동네 친구들을 모두 불러 논다. 1학기 때는 7명, 2학기 땐 8명으로 모두 와도 10명이 되지 않는다. 그렇게 모인 우리는 술래잡기, 물놀이, 경찰과 도둑 등 다양한 놀이를 한다. 예전엔 '모동모'라는 일종의 모임도 했었다. '모동모'는 '모든 동물 모임' 또는 '모든 동물들 모여' 등의 뜻이 있다. 5학년 남자친구들 3명으로 구성되어 있었고, 동물을 관찰하고 채집하는 모임이었다. 제법 규칙도 있고 도구도 가지고 있었다. 그렇게 순조롭게 '모동모' 활동을 하고 있었다.

그런데 6학년 누나들로 되어있는 '누나단'이 나타나 우릴 위협했다. 몇 번의 갈등 끝에 결국 대나무 막대기를 들고 전쟁도 했다. 그런데 내 막대기가 부러지고 말았다. 잠깐 속상했지만, 다시 그걸 주워서 쌍검으로 활용하기도 했다. '모동모'에서는 주로 곤충 채집을 했는데 새로운 곤충이나 희귀하고 신기한 사슴벌레 같은 곤충을 잡으면 점수를 준다. 점수는 많이 모아 승급하는 용도로 썼다. 점수 1점 때문에 활동을 정말 열심히 했다.

1학기 때 많이 한 놀이에는 술래잡기와 물놀이가 있다. 술래잡기는 평범한 술래잡기다. 하지만 6학년과 해서 정말 힘들었다. 6학년 누나들이 자꾸 꾀를 내서 나와 친구만 계속 술래를 하게 되었다. 그렇게 계속 누나들에게 당하다가 겨우 누나들을 따돌리고 이겼을 때의 희열은 잊을 수 없다.

물놀이도 술래잡기만큼이나 많이 했다. 대부분 사람은 '물놀이' 하면 워터파크나 바다를 떠올린다. 하지만 나는 집 앞 개울과 하천에서 논다. 처음엔 개울에서 발만 담갔었다. 아직은 추워서 젖으면 감기 걸린다고 엄마께서 조심하라고 했지만 나는 발이 물에 빠지기 일쑤였다. 개울에는 개구리가 많이 보였다. 예전에 산에서 개구리를 잡던 기억을 떠올려 개구리를 잡았다. 그랬더니, 다들 친구들이 잘 잡는다고 칭찬해 주었다. 나도 내가 개구리와 올챙이를 잘 잡는다고 생각했다. 한동안 친구들과 열심히 개구리만 잡았다. 하루에 개구리 수십 마리, 올챙이 300여 마리를 잡은 적도 있다. 우리가 물에서 잘 노는 걸 보더니, 어른들이 더 큰 하천을 소개해 주셨다. 우리는 한동안 그곳에서 놀았다. 너 넓고 깊어져서 물싸움과 수영도 할 수 있게 되었다. 그런데 그곳에서도 누나들이 꾀를 썼다. 물싸움할 때는 우리만 공격하고, 부려 먹기도 했다. 또 가끔 텃밭과 화단에 물을 줄 때마다 물장난한다. 그때는 누나들도, 동생들도 다 젖으며 신나게 논다. 역시 물놀이는 재미있다.

시골 마을이라 벌레가 많다. 그래서 곤충 채집도 종종 한다. 메뚜기, 개미, 왕거미, 나비에 이어 톱사슴벌레와 왕사마귀도 잡았다. 그리고 사슴벌레나 장수풍뎅이, 왕사마귀, 왕거미 같은 희귀한 곤충은 며칠 채집통에 기르며 관찰한다. 우리 채집통은 깨져서 친구 채집통에 넣고 같이 관찰한다. 관찰하면서 신기한 점도 많이 알았다. 사마귀를 보니 배에 날개가 감춰져 있어 날개를 펴고 난다는 점, 거미는 곤충은 물론 다른 약한 거미도 잡아먹는다는 점을 알

게 되었다. 서울에 곤충을 정말 좋아하는 친구가 있다. 그 친구에게 사슴벌레, 사마귀 같은 서울에서 보기 힘든 곤충을 찍어주면 부러워한다.

하지만 모기와 파리 등의 해충 때문에 문제가 생긴다. 요즘은 동네 친구들과 밖에서 파리채, 살충제 등을 가지고 모기 퇴치 놀이도 한다.

농촌에 와서 새로운 경험이 또 하나 있다. 우리 집 뒤에 있는 텃밭을 가꾸는 것이다. 봄부터 밭을 갈고 잡초를 뽑기 시작해 감자와 양파, 토마토와 옥수수까지 심어서 밭을 꾸려 나갔다. 맨 처음엔 감자를 심었다. 그때 감자를 재에 묻힌 뒤 심었는데, 재에 소독과 방충 효과가 있다고 했다. 재는 더럽기만 한 줄 알았는데 이렇게도 쓰인다니 정말 신기했다. 그다음은 봉지를 밭에 씌웠다. 봉지가 길고 고정을 잘해야 해서 힘들었다. 그리고 구멍을 팠다. 말뚝 같은 것으로 깊게 파면되는데 마을 어른들이 너무 쉽게 하셨다. 나도 쉬운 줄 알고 해봤더니, 세상에나 정말 잘 안 되었고 힘들었다. '마을 어른들은 어떻게 그렇게 힘이 셀까?' 생각도 했다. 그 후, 그 감자는 수확해서 맛있게 먹었다. 토마토, 옥수수, 고추, 가지, 호박들도 종종 물을 주며 열심히 키웠더니 정말 맛있고 싱싱한 작물이 나와서 뿌듯했다. 먹었을 때도 내가 직접 키운 채소라 더 맛있었다.

우리 집 앞 화단도 가꿨다. 예쁜 나무와 꽃을 심었다. 그런데 잡초가 너무 많아져서 힘들었다.

며칠에 한 번씩 유학 생활을 일지에 쓰기도 한다. 학교에서 있었던 일, 놀다가 생긴 일, 텃밭 가꾸기 등을 써 놓는다. 이 일지 중 일부는 방송과 기사에 실리기도 했다. 농촌유학을 와서 이런 기회도 생기는 것 같다. 내가 겪은 재미있는 일을 이렇게 적어 놓으니 오래 기억할 수 있고 나중에 추억할 수 있어 좋을 것 같다. 나중에 이 일지를 펼쳐보면 농촌에서 좋았던 것들이 다 생각나겠지?

3월 31일 수요일

오늘 내 친구 시후, 선후네가
만든 모둠모임 제9부가 있는
누나의 전쟁 준비를 했다.
대나무를 찾아 주고, 비밀(의)장소도 찾았다.
조금 뒤에 있을 전쟁(놀이)에서 이기고
싶다.

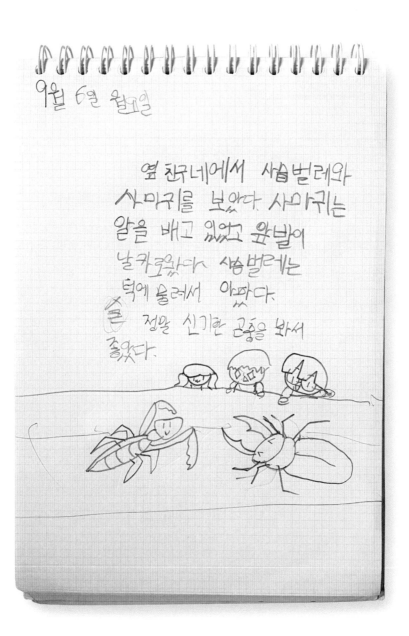

9월 6일 월요일

옆 친구네에서 사슴벌레와
사마귀를 보았다. 사마귀는
알을 배고 있었고 앞발이
날카로웠다. 사슴벌레는
턱에 물려서 아팠다.
정말 신기한 곤충을 봐서
좋았다.

나에게 농촌유학이란

나에게 농촌유학이란 '행복'이다. 이곳에 와서 나는 정말 즐겁고 행복하게 지내고 있다. 여러 우여곡절 끝에 서울에 남은 친구와 가족에 대한 아쉬움을 떨쳐낸 뒤, 5학년 새 학기를 앞두고 월등으로 내려와 나의 신나는 농촌유학이 시작되었다. 서울 학교는 가기 귀찮은 날이 많았던 반면, 시골에 있는 학교는 날마다 새로운 활동이 기다리고 있어서 기대되었다.

농촌에 생활하며 '만약 지금 농촌유학을 포기하고 서울에 있다면 어땠을까?' 하고 생각할 때가 있다. 농촌유학을 가지 않았다면 나는 굉장히 후회되었을 것 같다. 학교에서 즐거운 시간을 보내는 대신 컴퓨터 화면으로 선생님과 친구들의 얼굴을 봐야 했을 것이다. 또 친구들과 술래잡기를 하며 뛰노는 대신 핸드폰이나 컴퓨터로 문자를 주고받거나 게임 등을 했을 것이다. 매일 옆집 문을 두

드리며 놀자고 하는 일은 꿈도 꾸지 못했을 것이다. 게다가 귀여운 강아지와 곤충들은 화면이나 책으로만 봐야 하고 날마다 지루한 하루하루를 보내며 힘들었을 것 같다. 그런 재미없는 생활은 상상도 하기 싫다. 그래서 내가 농촌유학에 온 게 좋다. 농촌유학을 와서 마음껏 동네에서 뛰어놀고 친구도 많이 사귀게 되었다. 농촌 생활을 하며 기분도 더 활기차지는 것 같다. 또 산과 들에서 마음껏 뛰어노니 유학 기간만큼은 서울에선 느끼지 못했던 진정한 '자유'를 느끼는 것 같다. 시골에서 느낄 수 있는 풍부한 자연도 정말 좋다. 그래서 농촌유학은 행복이고 즐거움인 것 같다.

농촌유학 하면 학교생활을 빼놓을 수 없다. 복숭아 농사 체험, 자율문방구 등의 활동들과 한 반이 10명도 안 되는 교실, 인라인을 타는 시설 등 서울 학교와 다른 것들이 눈길을 끌었다. 그냥 처음 해봐서 그런 건지는 몰라도 이곳 학교에서 하는 활동들은 모두 흥미롭고 재미있다. 체험학습도 많이 가고 선물도 많이 주어 좋다. 이제 나는 시골 학교생활이 더 재미있다고 느껴진다.

하루 중 가장 신나는 시간은 학교가 끝나고 시작된다. 집에 돌아오면 마스크를 벗어 던지고 무작정 밖으로 뛰어나간다. 집 앞에는 놀거리들이 많이 있다. 친구들과 개구리와 물고기 등을 잡으러

개울에 내려가거나 마을에서 술래잡기를 한다. 대나무 막대기를 주워 전쟁놀이를 하기도 한다. 게다가 여름에는 물놀이를 정말 많이 할 수 있다. 학교가 끝나고 계곡에서 첨벙첨벙 거리며 뛰노는 기분은 워터파크를 갔을 때보다 더 시원하고 재미있다. 친구들과 노는 게 놀이터에서 놀고 같이 게임을 하는 건 줄 알았는데, 이렇게 뛰어 노는 게 더 신나고 재미있다. 농촌유학은 도시와는 다른, 색다른 재미를 느낄 수 있어서 정말 좋다.

농촌에 살면서 궁금한 점, 신기한 점도 생겼다. 텃밭에 감자 농사를 지을 때 감자를 재에 묻혀서 심었다. 감자를 소독하기 위해서라고 한다. '시커먼 재로 어떻게 감자를 소독하지?' 하는 생각이 들었다. 복숭아 꽃따기 때 생긴 질문도 있다. '왜 꽃을 따지? 열매가 줄어드는 거 아닌가?' 하는 궁금증도 있었지만, 열매가 더 크고 맛있게 익는다고 했다. 나는 호기심이 많고 배우는 걸 좋아한다. 새로 경험해보는 것도 많고, 배울 것도 많아서 농촌유학이 더 좋다.

장점이 있으면 단점도 있는 법. 날이 더워지면 벌레가 너무 많다. 게다가 시내에서 떨어져 있어 도서관이나 병원에 가기가 조금 멀다. 그런데도 농촌유학이 주는 재미와 행복이 훨씬 커서 서울에 있는 친구들에게 추천하고 싶다. 잿빛의 도시에서 혼자 TV를 보거나 게임을 하는 것보다는 이렇게 푸릇푸릇한 풀밭과 은빛의 물이 졸졸 흐르는 계곡에서 친구들과 뛰노는 것이 좋지 않을까 생각한다. 학교 수업을 하고 저녁 늦게까지 노는 데도 지치지 않는다. 역시 재밌는 일은 시간 가는 줄도 모르고 하게 된다. 대신 밥도 많이 먹고 잠도 많이 자면서 체력 보충을 충분히 한다.

7개월 동안 유학 생활을 하며 나의 몸과 마음도 많이 바뀌었다. 나는 서울에서 7시면 일어났는데 요즘은 일찍 자도 엄마가 깨워주셔야 겨우 일어나게 된다. 산도 오르고 강도 건너며 실컷 뛰어노니 에너지 소모가 크다. 생활 패턴도 바뀌었다. 가장 많이 바뀐 것은 디지털 기기 사용이 준 것이다. 밖에서 노느라 하루를 다 보내고 집에서는 쓰러져 자느라 유튜브를 보거나 게임 할 시간이 별로 없다. 매일 뛰니까 체력도 늘고 스트레스도 쌓이지 않는다. 근심 걱정 다 날아가는 기분이 매일 느껴진다. 나는 이런 농촌유학이 정말 좋다. 안 좋은 습관은 고쳐주고 체력도 길러주는 농촌유학! 다른 친구들에게도 알리고 싶은 농촌유학! 유익하고 고마운 농촌유학! 농촌에서 지내는 지금이 나는 행복하다.

7월 11일 토요일

(처벅드썰) 친구들과 큰 계곡에 갔다
깊어서 수영도 가능한 곳이었다.
우긴 엄청난 양의 물을
뒤개며 물싸움을 했다. 라면도 먹었다
정말 신나고 재미있었다. 물이 깊어서
좋았다. 물을 맞으니 시원했다.

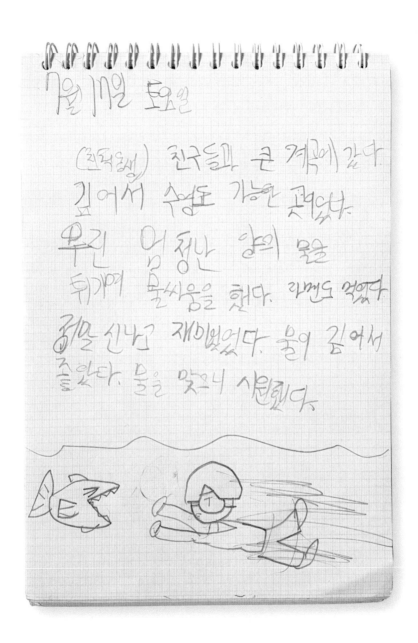

세은이의 농촌유학 이야기

　작년이 끝날 때쯤에 엄마가 농촌유학을 가자고 했다. 나는 학교에 매일 간다는 생각에 가고 싶었지만, 아빠를 많이 보지 못하는 생각에 섭섭하기도 했다. 서울에 사는 친구들은 만나지 못하겠지만 농촌에 가면 친구들이 더 생길 것 같아 가고 싶은 마음이 더 컸다. 얼마 지나자 순천으로 가게 되었다. 그러나 집이 아직 완성이 안 돼서 먼저 할머니 집에서 몇 밤을 자야 했다.

　드디어 마을 집에 도착했다. 마을 이름은 주동마을이다. 새로운 집에서 한밤을 보내고 기다리던 학교에 갔다. 농촌 학교는 서울 학교와 꽤 달랐다. 먼저 반이 1반밖에 없고 방과 후를 9개나 했다. 또 학생이 많이 없었다. 가장 좋은 건 학생 수가 적어서 거의 다 친해지고 쉬는 시간도 더 길어졌다. 학교에서는 가끔 선생님과 산책하러 간다. 산책은 교과서 때문에 동네를 관찰하며 즐겁게 보냈다. 산책할 때는 선생님이 항상 '월등 홈 마트'에서 아이스크림을 사준다. 더운데 시원하고 너무 맛있다.

학교가 끝나면 더 즐겁다. 동네에서 동네 언니 오빠들과 신나게 술래잡기도 하고 재미있는 놀이를 많이 한다. 날씨 좋은 날에는 앞 개울에서 언니 오빠들이 개구리 잡는 것을 구경한다. 처음엔 발도 담그면 안 되는데 이제는 원 없이 물싸움도 하고 놀았다. 요즘 물놀이할 때는 젖는 건 기본이다. 캠프파이어 한 날도 너무 재미있었다. 마을 할머니 집에서 고기를 먹으며 보내다가 슬슬 캄캄해질 때 캠프파이어를 했다. 밤에 예쁜 별들이 떠 있을 때 캠프파이어를 하다니 이곳은 천국 같았다. 그때 쥐불놀이도 하고 풀에 불을 붙여 벌레도 죽였다. 2학기 땐 아직 안 했는데 또 하면 좋겠다.

여기 와서 친척 언니네 집도 많이 갔다. 언니 집에서 자고 싶었던 내 소원이 이루어졌다. 언니네 집에 온 지 두 번째 날에 언니 숙제로 땅을 오염시키는 쓰레기를 찾아서 사진을 찍는 걸 도와주었다. 나는 쓰레기를 찾고 언니와 오빠는 사진을 찍었다. 그때 길가에 대나무 조각이 있어서 내가 들고 갔다. 그때부터 '한국 쓰레기 히어로'를 시작했다. '한국 쓰레기 히어로'는 우리 셋이 같이 만드는 만화이다. 우리 세 명과 언니가 키우는 강아지인 '콩순이'와 우리가 키우던 자라 '머드'(지금은 죽었다.)와 내가 키우고 싶은

카나리아 '엘리아'가 주인공이다. 세 동물의 별명은 '콩통령', '머장군', '엘공주'다. 한국 쓰레기 히어로는 쓰레기 악당과 싸우는 내용이다. 우리는 쓰레기 없는 평화를 원하고 쓰레기 히어로가 무너지지 않으면 좋겠다.

친척 언니가 종이 구관(종이 인형)을 좋아해서 나와 오빠도 같이 만들고 논다. 우리들은 각자 캐릭터를 종이 인형으로 표현했다. 언니네 집에서 노는 건 참 즐겁다. 2학기가 되자 내가 친구들한테 종이 구관을 하나씩 선물해 주었다. 우리 반은 8명인데 4명은 갖고 놀지 않을 것 같아서 몰래 다른 4명만 줬다. 친구들과 같이하니 더 재미있었다. 그런데 애들이 처음치고 잘해서 신기했다. 친구들이랑 같이 노는 게 가장 즐겁다.

2학기 초반에는 우연히 동네 강아지를 발견했다. 목줄이 짧아서 불쌍했다. 그 강아지가 태어난 지 얼마 안 된 개여서 친구가 물려봤는데 안 아프다고 했다. 그래도 나는 안 물려봤다. 우리는 그 강아지를 우리만의 이름으로 '만두'라고 지었다. 성은 '고기'이다. 1학기 때는 언니 오빠들이 많았는데 2학기에는 내 또래들이 더 많아서 2학기가 더 좋다. 동네 친구 집이 늦게 와서 이사했다.

마을 선생님이 운반기로 이삿짐을 옮기고 우리도 일을 도와준 뒤 그 운반기에 나와 친구, 언니, 동생과 함께 탔다. 느리고 항상 본 경치 구경이지만 재미있었다. 동네에서 하는

건 다 재미있지만, 특히 정자에서 하는 생일파티나 이유 없이 하는 파티가 가장 재미있다. 생일파티는 내가 가장 먼저 했다. 음식은 치킨, 자장면, 피자, 햄버거, 다시 치킨으로 돌아왔다. 그냥 파티는 계속 치킨을 먹었다. 너무 즐거웠다. 2학기가 되니 점점 시간이 아까워진다. 그냥 아빠 직장 바꿔서 여기서 계속 살고 싶다.

7월 12일 월요일

학교를 마치고 집앞 개울에 놀러갔다.

쑤욱 쑤욱

물에 들어가고

첨벙첨벙

물싸움도 했다

재미있었고 다음에도 하고싶다.

LUNAPARK
The Design Island

3월 25일 목요일

동네 사람들과 캠프파이어를 했다. 쥐불놀이도 하고 막대기로 벌레도 잡았다. 물로 불을 껐을때도 재미 있었다.

LUNAPARK
The Design Island

9월 6일 월요일

내가 친구한테 종이구관을
만들어 줬다. 고맙다고 하니
좋았다. 사랑이가 옷을 또
만든다고 했다. 내가 도와줬다.
사랑이께 완성된 모습이 예뻤다.
그리고 여자 애들과 같이
종이구관을 만들었다. 재미있었다.
내가 가르쳐서 뿌듯했다.
정말 재미있었다.

LUNAPARK
The Design Island

242

8월 24일 화요일

오늘 학교를 개학식을 했다.
학교를 오랜만에 봐서 즐거웠다.
그리고 학교에 전학생이왔다.
좋았다. 집에가서 전학생친구
와 언니와 놀았다. 맡은 계곡에
도가고, 잠자리도 잡았다.
그리고 귀여운 강아지도
봤다. 우리는 그 강아지
이름을 만두라고 지었다.
오늘은 너무 재미있었다.

에필로그

2월 26일 순천으로 내려와서 어느덧 9개월째에 접어들었습니다. 봄, 여름이 지나고 가을이 왔네요. 가을의 붉은색은 단풍잎이 전부인 줄 알았는데 추석 전, 초가을에 단풍잎보다 먼저 가을을 맞이하는 붉은 문지기가 있었습니다. 학교 가는 길 양옆으로 빨간 안개처럼 피어오르던 꽃무릇입니다. 월등에 오지 않았으면 몰랐을 가을이네요.

제가 글을 쓰고 책을 출간하기까지 가장 많은 도움을 주신 임재성 작가님이 부인 이미영 작가님과 함께 지은 책 《나에게 나를 물어봅니다》에서 이렇게 말했습니다. "기회란 스스로 찾아내야 하는 것입니다. 준비된 사람이 기회를 발견할 수 있습니다."

돌이켜보면, 저는 저에게 다가온 기회를 잡았던 것 같습니다. 아이들 학교 전자 공문을 그냥 넘기지 않고 꼼꼼히 살폈고, 이전에 한 번도 생각해 본 적이 없던 시골 살이를 택했습니다. 코로나19로 인해 반복된 무기력한 일상에 돌파구를 찾고자 했기 때문이었죠, 글을 쓰게 된 것도 마찬가지입니다. '기록해야겠다'는 마음에 도움 받을 수 있는 도서관 프로그램을 찾았고, '순천연향도서관의 가족 글쓰기'를 통해 저와 아이들이 책 만들기에 도전할 수 있었습니다. 강의를 통해 임재성 작가님을 만나게 된 것도 큰 기회였구요, 작가님 덕분에 처음으로 글쓰기에 도전해보고 작가의 꿈도 꿀 수 있었습니다. 진심으로 감사드립니다. 앞으로도 호기심을 가지고 탐구하고 공부하며 적극적으로 기회를 찾아 나서야겠다 다짐해 봅니다. 어떠한 내일이 기다리고 있을지 모르니까요,

9월 말에 글쓰기를 마치다보니 미처 다루지 못한 것들이 있습니다. 학교에서는 벽화 동아리 활동으로 유학생들이 사는 주동마을 개울가에 세워진 시멘트 옹벽에 벽화 작업을 했습니다. 저학년은 자신의 손을 그리고, 고학년은 자화상을 그려 타일로 구워 붙였습니다. 밤이면 액자에 붙은 작은 등불이 아이들의 얼굴과 손을 환하게 비춰줍니다. 유학을 마치고 떠나도 선우와 세은이의 벽화는 마을에 남아있겠죠, 종종 보러 들러야겠습니다.

2학기 때는 농촌유학 사업이 어느 정도 자리를 잡아 마을 특색

프로그램이 진행되었습니다. 아이들은 토요일 오전에 도자기를 배우러 다니고, 유학생 어머니들은 매주 월요일 근처 지리산 화엄사로 사찰음식을 배우러 다닙니다. 농촌유학 와서 배워가는 것도, 얻어가는 것도 참 많습니다.

10월 21일, 역사적인 순간에 저희 가족이 함께했습니다. 누리호 발사 현장을 관람하러 고흥 우주발사 전망대를 찾았습니다. 학교에는 미리 체험학습 신청을 하고 새벽부터 일어나 친정어머니와 김밥을 싸 들고 고흥에 내려갔습니다. 7시간의 긴 기다림 끝에 발사 장면을 아이들과 탄성을 지르며 지켜보았었죠. 구름 같은 연기와 함께 화염을 내뿜고 하늘로 솟아오르는 누리호를 참 경이롭게 바라보았습니다. 선우는 한동안 사그라들었던 우주에 대한 관심이 다시 생겼다고 했었죠. 지금도 옆에서 우주와 우주 과학자에 관한 책을 보고 있습니다. 서울에 있었더라면 쉽사리 가볼 생각을 못했을 텐데 가까운 순천에서 좋은 기회를 잡을 수 있었습니다.

농촌유학 1기로 월등에 와서 많은 관심과 사랑을 받았습니다. 시골 사람들이 텃세가 심하다고들 하던데 주동마을 어르신들은 더없는 정과 보살핌으로 유학생 가족들을 챙겨주셨습니다. 한 가지 걱정되는 것이 있습니다. 도시 사람들이 이렇게 6개월~1년을 와서 살다가 떠나가는 일이 반복되면 점점 관심이 줄어들지 않을까, 어차피 갈 사람들인데 정 주지 말아야지 하는 분위기로 변할까 염려되는 것입니다.

학교도 마찬가지입니다. 친구들이 왔다가 가면 남겨진 아이들의 상실감이 클 것 같습니다. 다시 새로운 친구들이 오겠지만 6학년처럼 학년에 따라서는 오지 않는 경우도 생길 것이구요, 유학생들에게 별도로 교육청 지원금이 지급되다 보니, 학교에선 유학생들에게 다양한 혜택을 주고 있습니다. 기존 학생들과 함께 누리기도 하지만 경우에 따라서는 유학생들에게만 제공되기도 합니다. 현지 학생들이 상대적 박탈감을 느낄까 마음이 쓰이는 부분입니다.

글을 쓰면서 학교와 마을을, 그리고 유학 생활을 조금 더 주의 깊게 살피게 되었습니다. 아이들의 생활을 알기 위해 대화도 많이 했구요, 이런 기회를 제공해 주신 서울특별시교육청, 전라남도교육청, 순천시교육지원청, 순천연향도서관 관계자님들께 감사드립니다. 바쁘신 외중에도 유학생 가족들 보살펴주시고 이끌어주시느라 고생하신 세 분의 마을 선생님께도 감사 인사드립니다. 이장님, 최선생님, 함 선생님 덕분에 주동마을에서 안심하고 잘 지내고 있습니다. 유학생들이 즐거운 학교생활을 할 수 있었던 데는 교장 선생님, 교감 선생님, 선생님들의 관심과 배려가 절대적이었습니다. 저희 아이들이 월등초등학교에 다닐 수 있어서 행복하고 감사합니다.

가족들의 지원과 격려가 있었기에 저희 세 식구가 서울을 떠나 순천 월등에서 지낼 수 있었습니다. 저희 셋 뒷바라지 해주시느라 고생하신 친정어머니, 남편 저녁 챙겨주시느라 고생하신 시어머니 두 분께 진심으로 감사드립니다. 건강하게 오래도록 저희 옆에 계셔주세요.

마지막으로 농촌유학 와있는 동안 가장 고맙고 고생 많이 한 남편에게 감사 인사 전합니다. 왕복 700km를 한 달에 두 번씩 왔다 갔다 하느라 수고 많았어요, 사랑합니다~~.